Feminozentrizia Feminozia

Annabell
und das feminozentrische Weltbild

Roman

Taschenbuchausgabe
März 2013
Copyright © 2011 by Feminozentrizia Feminozia
Umschlaggestaltung und Umschlagillustration:
Feminozentrizia Feminozia
Herstellung und Verlag: BoD – Books on Demand, Norderstedt
Printed in Germany
ISBN 978-3-8482-3653-4

Für den 26.06.2006

Was in Liebe gebunden ist, bleibt für die Ewigkeit

Kapitel 1

Ich bin ein armes Zittergras
Und steh gebeugt von Regen naß
Und warte voller Sehnsuchtspein
Auf ein klein bißchen Sonnenschein,
Auf daß er freundlich mich erwärme.
Denn plötzlich geht's mir durch den Sinn:
Wenngleich ich nur ein Gräslein bin,
So kann ich doch im Sonnenschein
Auch zitternd froh und glücklich sein.

An dem Galgen bimmelbammelt,
Ein Gerippe lang und schön,
Hätt' es ehrlich nicht gestammelt,
Könnt' es noch die Sterne sehn.

Ich bin ein armer Regenwurm,
Kriech' durch die Welt
Bei Wind und Sturm
Und wünsche mir bei all dem Graus,
Ach hätt' ich doch ein Schneckenhaus.

Ich suche dich auf allen Stegen,
Die durch die Wiesen führ'n,
Ich suche dich bei Sturm und Regen
Und unter nächtlichem Gestirn.

WERBESPRÜCHE

Laß dir die gute Laune nur nicht rauben,
Iß lieber Zucker aus den Trauben!

Lieber blonder Hase,
Reiß die Brille von der Nase!

Fleisch nimmer,
Eier immer!

Diese Zwiebel ist von Übel,
Denn mein Mund
Ist ganz wund.

Von Tantchen

Kapitel 2

I.

An einem Wintertag hatte Annabell einen Termin beim Allergologen. Diesmal sollte sie zu einer Spezialuntersuchung außerhalb der Stadt kommen.

Annabell hatte glücklich das Haus gefunden.

Sie öffnete die beiden Durchgangstüren und stand unvermittelt in einem großen Raum mit vielen Menschen. Es sah so gar nicht nach einem Arztpraxisraum aus, alles war alt und düster.

Doch darauf achtete Annabell nicht weiter, wunderte sich zwar etwas, aber letztendlich wollte sie nur schnell jemanden finden, der ihr sagen konnte, wo sie nun die Abteilung für die Spezialuntersuchungen der Allergologie finden würde.

Annabell ging weiter und kam in einen anschließenden großen Saal, der auch düster wirkte und nur mit elektrischem Licht beleuchtet wurde. Dort war dieselbe Situation. Man sah nur viele Menschen europäischer Nationen, dafür keine Anmeldung, keine Hinweisschilder, nichts, was darauf schließen ließe, daß hier ärztlicherseits behandelt werden würde.

Im hinteren Teil des Saales gab es Durchgangstüren aus dickem Glas, diese waren aber verschlossen.

Annabell schaute sich ratlos um, schaute und blickte umher, ob sie nicht doch noch einen Hinweis auf ihren Termin fände.

Sie suchte vergebens.

Annabell beschloß, wieder zu gehen. Aber die Tür, durch die sie in den ersten Saal gekommen war, war jetzt plötzlich abgeschlossen.

Sie kehrte um und probierte noch einmal die Türen im zweiten Saal, aber diese waren ebenfalls ganz fest verschlossen.

Annabell wurde ärgerlich, und so beschloß sie, sich an eine Gruppe anwesender Russen zu wenden.

„Ich will hier raus, ich will hier einfach nur raus!"
hub sie zu sprechen an.
Alle Umstehenden begannen da zu lachen:
„Hier raus?"
Und sie lachten weiter.
„Hier kommt niemand mehr raus, nie mehr!"
sagte einer.
Annabell erstarrte innerlich.
Die Russen blieben fröhlich und unterhielten sich
wieder untereinander.
Annabell stand allein.
Langsam ging sie in den ersten Raum zurück. Ein
südländisch aussehender Mann war ihr gefolgt, der die
Unterhaltung zwischen Annabell und den Russen gehört
hatte. Auf Annabell zutretend, sprach er sie an:
„Hier kommt niemand mehr raus. Wir sind hier
Gefangene. Dort drüben ist zwar eine Tür, sie scheint
offen, aber siehst du den großen, breiten Stein über ihr,
wie er dort hängt an dem Seil? Nähert sich jemand der
Tür, fällt sofort der Stein auf ihn herab. Und sollte es
doch jemandem gelingen, durch die Tür zu kommen, so
wird die Treppe voller Fallen sein. Hier wagt es
niemand, einen Ausbruch zu versuchen. Viel zu
gefährlich!"
Und er wies auf eine offenstehende Tür, die den Blick
auf eine durch elektrisches Licht hell erleuchtete Treppe
freigab.
„Das kann alles nicht wahr sein, das träume ich.",
dachte Annabell.
„Wo bin ich hier bloß hingeraten?"
In dem Moment öffnete sich schräg über ihr eine Tür,
und einige Menschen wurden dort auf einen breiten,
flächigen, balkonartigen Mauervorsprung geschoben,
der kein Schutzgitter aufwies, so daß die
hineingeschobenen Menschen jederzeit gewärtig sein
mußten, in den großen Saal hinabzustürzen.
Es war eine dicke Panzerglastür, durch die die

Menschen den Raum betraten.

Hineingeschoben wurden sie von zwei uniformierten Männern, die mit Elektroschockgeräten ausgerüstet waren, womit jeder Widerstand gebrochen werden sollte.

Als Annabell die Uniformierten sah, dachte sie, daß niemand sie werde retten können, da niemand wußte, daß es diese Räume mit den Gefangenen gab, und also auch keiner sie dort suchen würde.

Beobachtet wurden die Gefangenen auch durch das Panzerglasfenster, das sich neben der Panzerglastür befand. Hindurchschauend sah man auf das Blumenfenster eines nahe angebauten Hauses. Verschiedene Blumentöpfe standen dort in einer Reihe und konnten denjenigen verbergen, der seine Blicke in den Raum der gefangenen Opfer sandte.

Als Annabell genauer zur Panzerglastür schaute, bemerkte sie an dem Glas Kratzer und an den daneben sich befindlichen Fenstern kleine, hineingeschraubte Löcher, und in einigen staken sogar noch Schrauben.

Der Südländer, der neben Annabell stehengeblieben war, bemerkte Annabells Blicke.

„Das waren Verzweifelte. Sie sind längst für immer fort. Sie dachten, sie könnten das Glas sprengen, wenn sie Schrauben hineindrehten, aber es springt natürlich nicht. Sie hatten nur ihre bloßen Hände, um die Schrauben hineinzudrehen. Sie sind fort, weil man hier immer schwächer wird, bis man selbst auch fort ist. Hier kommt niemand mehr lebend raus."

In dem Moment wurde es unruhig hinter ihnen.

Ein Mann Mitte fünfzig hatte die Gefangenensäle betreten.

Er kam auf Annabell zu, und Annabell wollte ihn nach ihrem Termin fragen.

Was das alles soll, und wohin sie müßte.

Der Mann trug ein merkwürdiges kleines, graues Gerät in der Hand, besonders auffällig war die rote Kapsel daran.

Er stand vor ihr, und gerade, als Annabell ihre Frage an ihn richten wollte, sagte er ganz streng zu ihr:

„Machen Sie mal den Mund auf!"

Gehorsam öffnete Annabell den Mund, weil sie dachte, daß das jetzt doch die Untersuchung sei. Im nächsten Moment hatte er ihr schon eine rote Flüssigkeit in den Mund gespritzt. Und obwohl sie sofort den Mund geschlossen hatte, als sie seine Absicht bemerkte, war doch leider noch zu viel von der roten Flüssigkeit in ihren Mund gelangt.

Der grauhaarige Mann setzte sich auf einen Stuhl und schaute Annabell mit seinem stieren Blick an.

Annabell sah sofort, daß sie einen Morphinisten vor sich hatte.

Schwankend saß er da, seine Züge verfallen und schlaff, fahl das Gesicht, läppisch. Vielleicht einstmals ein von Erfolg gekrönter Arzt, jetzt nur noch ein Wrack! Willenloses Werkzeug für einen skrupellosen Kollegen, der sich Menschen hielt, um an denen Experimente durchzuführen.

Denn das hatte Annabell erkannt, sie war in eine Falle getappt.

Der Dermatologe, der stadtbekannt war und angesehen durch sein vieles Geld, der mehrere Praxen unterhielt und andere Ärzte für sich arbeiten ließ, den zwar seine Mitarbeiter „den Mann ohne Freunde" nannten, der aber weit über die Stadtgrenzen hinaus berühmt war für seine gelungenen Schönheitsoperationen, hatte ein Geheimnis.

Ein Geheimnis, das er sich leistete: gefangene Menschen zu seinen Experimenten zu gebrauchen.

Dafür brauchte er das viele Geld.

Annabell kannte ihn nicht persönlich, sie war ihm nur begegnet, wenn sie zu seinem schönen Mitarbeiter und Kollegen ging, um dessentwillen sie überhaupt so interessiert an ihren Allergien war. Den Chef selbst hatte sie nur ab und zu gesehen, aber stets war sie mit „Hallo" begrüßt worden, und er hatte immer so ein Lächeln für sie gehabt, daß man das Gefühl haben konnte, die Sonne gehe auf. Annabell fand ihn nett und konnte das negative Gemunkel seiner Mitarbeiter nie verstehen.

Bis jetzt!

Jetzt sah alles anders aus.

Der grauhaarige Mann stierte Annabell immer noch mit seinem ausdrucksleeren Blick an. Er wartete auf die Wirkung der roten Flüssigkeit.

„Das muß ein Irrtum sein. Er war doch immer so nett zu mir gewesen. Er hat mich doch so strahlend gegrüßt. Bitte richten Sie es ihm aus, damit ich hier herauskomme.",

sagte Annabell zu dem Grauhaarigen über den Chef der Arztpraxen.

Der Grauhaarige schaute Annabell nur an, und Annabell wußte in dem Moment, daß es sinnlos war.

Ganz im Gegenteil: Wäre der Chef nicht auf sie aufmerksam geworden, wäre sie jetzt nicht hier seine Gefangene. Er sammelte für seine Experimente nur Menschen, die ihm gefielen.

Annabell schaute auf den Grauhaarigen, und in ihren Gedanken arbeitete es fieberhaft. Sie dachte daran, daß er die Schlüssel für die Türen bei sich tragen müßte. Sicher hatte er die Schlüssel bei sich. Wenn sie an die Schlüssel käme, wäre sie frei, dann könnten alle hier heraus, dann wären alle frei.

Den Uniformierten könnte man schon entgehen, die laufen nur Patrouille, das müßte gehen.

Das Wichtigste waren jetzt die Schlüssel.

Annabell schaute auf den Morphinisten, sie schätzte ihn ab, sie müßte sich beeilen, sehr beeilen, bevor die rote Flüssigkeit in ihrem Mund zu wirken begann und sie genauso lethargisch und kampflos werden ließ, wie all die anderen hier.

Er oder sie, sie brauchte die Schlüssel, und sie mußte es

tun, und zwar schnell, sehr schnell ...

II.

Annabell erreichte seit Tagen ihr Tantchen nicht, niemand ging an das Telephon, Tantchen rief auch nicht zurück.

Merkwürdig!

Annabell begann, sich Sorgen zu machen. Sie fuhr zur Wohnung ihres Tantchens und schloß die Wohnungstür auf.

Nichts, kein Tantchen, nur auf dem Küchentisch fand sie einen Bestellzettel, einen Bestellzettel einer Arztpraxis mit dem Bestelltermin vor zwölf Tagen, zu einer Praxis für Dermatologie, zu der Praxis für Dermatologie!

Und Tantchen war bis jetzt nicht zurückgekehrt.

Annabell wurde besorgt, sehr besorgt, andererseits wuchs ihr Mut, es galt, Tantchen zu retten. Und obwohl sie sich geschworen hatte, nie mehr in die Nähe einer dieser Arztpraxen für Dermatologie zu kommen, ging sie sofort los und direkt dorthin.

Vor der Tür der Praxis machte sie jedoch wieder kehrt, es hatte keinen Sinn, sie bekam Angst, und so konnte sie Tantchen nicht helfen.

Gerade, als sie gehen wollte, kamen ein Pfleger und eine Krankenschwester.

Annabell drehte sich um und fragte sie nach ihrem Tantchen. Beide verneinten, Tantchen wäre nicht mehr bei ihnen. An dem Termin vor zwölf Tagen wäre sie dort gewesen, aber nur für kurze Zeit, nur für den Termin.

Annabell dachte sich, daß es besser wäre, sofort wieder zu gehen, und schritt festen Schrittes, sich selbst Mut zuredend, nach draußen.

Was sollte sie tun?

Zur Polizei gehen?

Es würde ihr niemand glauben, weder das Damalige

noch das womöglich Jetzige. Eine Verleumdungsklage wäre das Resultat, oder man würde an ihrem Verstand zweifeln.

Nein, Annabell mußte sich selbst helfen, sich und ihrem Tantchen.

Während Annabell noch auf der Straße stand, sah sie einen öffentlichen Münzfernsprecher.

„Ich werde es versuchen, ich werde drohen!"

Und so schritt sie zu dem Münzfernsprecher und wählte die Nummer der Arztpraxis. Diesmal meldete sich eine andere Schwester, und Annabell verlangte, mit der leitenden Hauptschwester verbunden zu werden.

Bei dem Zusammenschluß der vielen Arztpraxen, die alle dem einen Chef gehörten, hatten sich Hierarchien in der dortigen Mitarbeiterstruktur ergeben.

Annabells Anruf wurde auch wirklich weitergeleitet, und Annabell erreichte die Hauptschwester, der sie die Frage nach ihrem Tantchen stellte. Die Hauptschwester leugnete erst. Doch als Annabell sagte:

„Ich weiß, daß sie dort bei Ihnen ist. Und wenn Sie nicht sofort meine Tante herausgeben, rufe ich die Polizei. Dann holt die Polizei die alte Dame heraus!"

Da gab die Hauptschwester am anderen Ende der Leitung zu, daß die alte Dame noch in ihrer Behandlung sei.

„Aber es ist alles in Ordnung.",

sagte sie.

Doch in dem Moment waren die schrillen Schmerzensschreie einer Frau im Hintergrund zu hören, und Annabell erkannte die Stimme ihres Tantchens!

Tantchen wurde mit Elektroschocks gequält!

„Wenn Sie nicht sofort die alte Dame herausgeben, rufe ich die Polizei!"

rief Annabell außer sich noch einmal in den Hörer.

Annabell war sich sicher, daß die Arztpraxis nicht wußte, von welchem Ort sie anrief. Öffentliche Münzfernsprecher waren von Privatpersonen nicht zu orten.

Zehn Minuten später regte sich vor der Arztpraxis Leben. Mehrere Rollstühle mit alten Menschen wurden auf die Straße geschoben. Annabell sah nur mehrere alte Männer und dann auch ihr Tantchen.

Aber Tantchen war auf Kindergröße geschrumpft worden durch die ganzen Experimente und Medikamente!

Die alten Leute saßen in der Größe von fünfjährigen Kindern in den Rollstühlen!

Annabell kam hervor und schritt über die Straße auf ihr Tantchen zu und rief:

„Hallo Tantchen!"

Aber Tantchen saß nur apathisch in ihrem Rollstuhl und reagierte nicht auf Annabells Zuruf.

Nach den alten Leuten fragte sonst niemand, und nur Annabell hatte ihr Tantchen vermißt. Und sie war froh, daß sie ihr Tantchen wieder hatte, egal wie.

Die Apathie würde irgendwann nachlassen, und auch geschrumpft war Tantchen noch liebenswert.

Annabell hatte gesiegt!

Kapitel 3

Annabell saß an einem kleinen Tisch am Fenster ihrer Wohnung und schaute hinaus. Vor ihr standen Kekse, dampfender Tee und eine brennende Kerze, die ihr ruhiges Licht ganz heimelig versandte. Draußen war trübes Winterwetter, und Annabell dachte an vergangene Zeiten, die nicht so ruhig in ihrem Leben verlaufen waren.

Annabell genoß die Ruhe, sie genoß das Alleinsein, das Unverheiratetsein, denn Annabell dachte nur noch mit Schrecken an ihre Ehe mit dem Tankstellenbesitzer, dem sie einst meinte, ihr Herz geschenkt zu haben. Aber es kam alles anders, sie mochte an all das gar nicht mehr denken, nur noch an ihre Flucht erinnerte sie sich.

Annabells Gedanken schweiften zurück:

Annabell wußte, daß ihr Ehemann und seine Freunde diese Flucht verhindern würden, wüßten sie davon, also mußte sie kurzerhand heimlich fort. Alles würden ihr Mann und seine Freunde tun, um Annabell an ihrer Flucht zu hindern, aber Annabell mußte fort.

Auf dem Weg zum Bahnhof war sie einem seiner Freunde begegnet, und er hatte auf offener Straße mit Steinen nach ihr geworfen. Zum Glück konnte sich Annabell zu einem Taxi retten. Der Taxifahrer, ein netter junger Mann afrikanischer Herkunft, half ihr sofort.

Annabell warf ihre beiden Reisetaschen, in denen wenige Habseligkeiten verstaut waren, in den Kofferraum und hoffte nur, daß der Taxifahrer es bis zum Bahnhof schaffen würde, durchzukommen, damit sie ihren Zug noch erreichte, bevor ihr Mann und seine Freunde alle wußten, daß sie geflohen war.

Als der Taxifahrer den Kofferraum verschloß, stand Annabell neben dem Taxi und dachte an ihren Mann:

„Ich will nur meine Freiheit wiederhaben. Er kann auch die Kinder behalten, ich will nur noch meine Freiheit zurück!"

Auch an ihre Kinder schickte sie noch einen Gedanken. Annabell hatte zwei ganz süße kleine Mädchen von zwei und fünf Jahren. Von der jüngeren Tochter konnte sie sich nicht mehr verabschieden, aber zu ihrer fünfjährigen Tochter war sie noch gegangen, um Abschied zu nehmen, ohne dies ihr zu sagen.

Doch was tat gerade ihre Tochter?

Sie hatte extra eine Wespe gefangen, damit diese Annabell steche, weil sie wußte, daß Annabell allergisch auf Wespenstiche reagierte und dann für immer fort wäre, so beeinflußt und eingenommen war sie gegen ihre Mutter durch den Einfluß ihres Vaters. Sie wollte ihre Mutter nur noch loshaben.

Zu diesem Zwecke hatte Annabells ältere Tochter eine Wespe mit einem Stock mittlerer Größe gefangen. Ganz raffiniert war sie dabei vorgegangen.

Annabells Tochter hatte die Wespe mittels Kleber gefangen. An der Stockspitze etwas Leim angebracht, die Wespe von oben daran festkleben lassen, so daß die Wespe jetzt zappelnd an der Stockspitze hing, ohne sich von selbiger lösen zu können!

Annabells Tochter nahm das wespenbesetzte Stöckchen und versuchte, die zappelnde Wespe direkt auf den linken Arm ihrer Mutter zu setzen, damit die mit Leim gefangene Wespe Annabell auch ganz sicher stechen würde.

Annabell schaute nur sehr, sehr traurig auf ihr Kind. Annabell war gar nicht zornig oder empört, nein, einfach nur unendlich traurig.

Annabell ging, mit diesem Abschied von ihrer älteren Tochter im Herzen und ohne Abschied von ihrem zweiten Kind. Dieses wäre nicht so zu ihr gewesen, es war noch nicht derart von seinem Vater beeinflußt worden, dazu war es noch zu klein. Aber es war nicht zu Hause, irgendwo mit dem Vater unterwegs.

Und Annabell wußte, daß sie jetzt gehen wollte.

Wie beschaulich war doch stattdessen jetzt ihr gemütliches Sein im Korbsessel an ihrem runden, niedlichen Teetisch, mit der warmes Licht spendenden Kerze, den leckeren Keksen, dem erfrischenden Tee und mit dem Blick in die sich jagenden grauen Wolken am Himmel.

Allein in Freiheit und lebend, ja, lebend, denn das war für Annabell auch keine Selbstverständlichkeit, nach dem, was ihr auf einer Klassenfahrt mit vierzehn Jahren passiert war.

Das Leben, das damals noch ganz selbstverständlich schien, das aber dann doch plötzlich ein bedrohtes wurde.

Immer wieder staunte Annabell, wenn sie daran zurückdachte, daß sie noch ganz lebendig durch die Welt ging. Damals war sie ein Backfisch und unterwegs mit ihrer Klasse.

Damals ...

Annabell wurde ärgerlich, sie wollte sich jetzt ihre gemütliche Teestunde nicht mit unangenehmen Gedanken aus der Vergangenheit beschweren lassen, nein, sie wollte nicht mehr daran denken. Diese wertvollen Minuten der Ruhe, der Gemütlichkeit, fernab von der hastenden Welt mit ihren Sorgen, Pflichten und Problemen, waren so kostbar.

Aber Gedanken können manchmal sehr aufdringlich sein, sie lassen sich nicht wegschieben.

Und damals war es auch draußen grau, ein diesig verhangener Tag, und plötzlich standen alle Erinnerungen vor Annabell:

Sie hatte sich verspätet, ihre Klasse war schon in der Herberge, und Annabell schritt über eine lange, breite Landstraße, die in der Ferne von Wäldern gesäumt wurde, und überall, in gewissen Abständen, waren Trüppchen von Schulklassen auf Klassenfahrt unterwegs. Diese Gegend war beliebt für derartige Schulausflüge.

Es war eine durch den Regen aufgeweichte Straße, und Annabell mußte sich vorsehen, daß sie die Pfützen und Schlamminseln umging.

In einiger Entfernung am Waldesrand warfen Jungs Steine auf Frischlinge, und die Jungen jubelten, wenn sie eins von diesen kleinen, liebenswerten Wildschweinchen trafen. Dann quiekten diese ganz erbärmlich, so weh taten ihnen diese Steinwürfe.

Annabell hätte gern etwas dagegen getan, aber kein Lehrer war in der Nähe, nirgendwo, der diese Jungen zur Einsicht hätte bringen können.

Annabell lief weiter, es war nicht ihre Klasse.

Annabell kam an kleinen Seen vorbei, deren Wasser so klar war, daß sie die darin befindlichen Gerippe der Elche sehen konnte. Es lagen dort mehrere solcher Gerippeansammlungen, und sie wunderte sich, wieso dort so viele Knochen von Elchen lagen. Daß die kleinen Raubfische in den Gewässern die Elche skelettiert hatten, war natürlich, aber wie waren die Elche überhaupt so zahlreich in das Wasser gelangt?

Annabell hatte schon fast das Haus ihrer Herberge erreicht, in dem ihre Klasse sich aufhielt und in dem sie für die Zeit der Klassenfahrt zu Hause war, da überholte ein Trupp von Gleichaltrigen Annabell, und ein blonder Junge, als er an Annabell vorbeiging, trat plötzlich mit seinem Fuß nach Annabell, so daß ihre ganze Jacke seitlich voller Schmutz und Schlamm war.

Annabell war empört!

Sie stand schon vor ihrer Herberge, aber das wollte sie noch klären. Sie rief dem fremden Jungen zu:

„He, was soll das? Du spinnst wohl! Meine Sachen völlig schmutzig zu machen!"

Da drehte er sich um.

Die anderen Jugendlichen liefen weiter und kümmerten sich nicht darum.

Er aber kam zurück, und er kam nicht allein.

Sein Freund, der eigentlich nichts damit zu tun hatte,

kam auch zurück.

Annabell stellte den Jungen zur Rede:

„Hier, schau die Jacke an, so schmutzig muß ich jetzt bis nach New York zurück!"

Der Junge sagte nichts, er stand nur abwartend da, aber sein Freund trat auf Annabell zu, zupfte an ihrer Jacke, so daß Annabell sich fragte, was das sollte.

Im nächsten Moment hatte er seinen linken Arm um ihre Schultern gelegt, und die rechte Hand griff nach Annabells Hals.

Annabell war völlig überrascht, und das Letzte, was Annabell noch bewußt wahrnahm, war, daß sie bedauerte, daß die anderen Jugendlichen, die vorangegangen waren, sich nicht umdrehten und ihr auch deshalb nicht helfen konnten, weil sie von dem ganzen Geschehen nichts mitbekamen.

Zuallerletzt dachte Annabell noch:

„Mit solchen Leuten kann man nicht diskutieren, solche Leute kann man nur noch erschießen."

Dann brach alles ab.

Kapitel 4

Es war noch früh, und Annabell erwachte vom Lärm im Wirtschaftshof. Sie öffnete die Augen und blinzelte zum Fenster und war sehr froh, wieder im Hier und Jetzt zu sein.

Einen ganz wirren Traum hatte sie gehabt, sie war durch ein Laboratorium geschritten, in dem Köpfe von Enthaupteten an irgendwelche Apparaturen angeschlossen waren, so daß sie leben mußten und litten.

Dann war sie drei Mädchen begegnet, die auf einer Bank saßen und über Modezeitschriften kicherten.

Was für ein wirrer Traum!

Annabell wollte lieber daran denken, was sie sich alles für ihren letzten Urlaubstag vorgenommen hatte.

Gestern abend hatte sie noch die Abfahrt eines Passagierdampfers miterlebt, unten am Kai, und dorthin wollte sie heute wieder gehen, es war so schön gewesen.

Sie sprang auf, und während sie sich fertigmachte, dachte sie daran, daß sie das Frühstück wieder ausfallen lassen würde, denn im selben Hotel wohnte eine Frau, die sehr starke Ähnlichkeit mit einer angeheirateten Verwandten hatte.

An diese Verwandte dachte Annabell nur ungern. Beim letzten Familientreffen anläßlich eines Geburtstages hatte sich diese Verwandte etwas geleistet, das noch heute Annabells Unmut hervorrief:

Annabell war zu diesem Familientreffen später gekommen; und diese Verwandte hatte, wie es immer ihre Art war, gerade den vorderen Teil ihres Mokkatortenstückes aufgegessen, den hinteren Rand ließ sie, wie immer, liegen.

Und als sie nun Annabell kommen sah, nahm diese Verwandte ihren Teller mit den Resten von der Mokkatorte und drückte Annabell ihren Teller in die Hand, damit Annabell weiteressen könnte, das, was diese Verwandte liegenließ und was sonst fortgeworfen werden sollte.

Die Mokkatorte war sehr, sehr lecker, und es war auch kein weiteres Stück mehr vorhanden, aber Annabell wollte die Tortenreste der Verwandten nicht essen.

Obwohl Annabell es liebte, den hinteren breiten Teil von Tortenstücken zu essen, da dort die meiste Creme steckte, war sie doch sehr empört über das Ansinnen der Verwandten, ihr ihre Reste anzubieten, das, was diese nicht wollte.

Und dann noch mit diesem huldvollen Lächeln und der gnädigen Geste, als sei es noch eine Gnade, daß Annabell ihre Reste erhielt!

Annabell ging mit dem Teller in die Küche und kippte den ganzen Tortenrest in den Müll.

So gut die Torte geschmeckt hätte, das war doch zuviel, die Reste dieser Verwandten nachessen zu müssen, das war doch die Höhe!

Unwillig schob Annabell diese Gedanken zur Seite. Sie wollte an schöne Dinge denken, daß sie zum Hafen wollte, und daran, wem sie wohl heute Nettes begegnen werde. Es war immerhin ihr letzter Urlaubstag, und den wollte sie noch so richtig genießen.

Das Hotel, in dem Annabell während ihres Urlaubes wohnte, war ein großes, schönes, altes Gebäude.

Annabell hatte nur ein kleines Zimmer gemietet, mit dem Blick in den Hof, das war klein und niedlich und auch relativ preiswert. Annabell brauchte keinen Luxus, Hauptsache, die nötigen Dinge im Leben waren geregelt.

Als Annabell um das Gebäude herumging, um eine Abkürzung zum Hafen zu nehmen, fiel ihr wieder die kleine Treppe auf, die zu einer schmiedeeisernen Gittertür hinabführte.

Annabell, neugierig, wie sie war, beschloß, ihr Interesse an architektonischen Dingen auszuweiten und sich genau diese schöne, alte, schmiedeeiserne Gittertür anzusehen.

Schnell schritt sie die Treppe hinab; es war ja noch früh am Morgen und keiner weiter zu sehen, da durfte sie es schon wagen, einfach so sich das Gebäude des Hotels von außen anzuschauen.

Es war wirklich ein ganz kunstvoll gearbeitetes Gitter, und dabei bemerkte Annabell, daß es nur angelehnt war. Einen Schritt vortretend, öffnete sie es vollständig und schaute hinein in einen Keller, der im Dunkeln vor ihr lag.

Wohin er wohl führte?

Noch einen Schritt hinein in das kühle Dunkel, und schon umschloß eine Geisterhand Annabells Handgelenk, und mehrere Geister, Frauen und Männer, riefen ihr zu:

„Willkommen! Willkommen!"

Mit einem energischen Ruck löste Annabell mit ihrer rechten Hand die Geisterhand von ihrem linken Handgelenk und trat schnell zurück in das Helle, in den lichten frühen Sonnenstrahl, zurück in das Licht und das Leben.

Auf ihrem Weg zum Kai begegnete ihr niemand, denn es war noch sehr früh am Morgen, und es war ein Ferienort, in dem die Gäste alle noch schliefen.

Als sie fast am Hafen angelangt war, sah sie zwei Seeleute auf einer Bank sitzen, und ein dritter Mann stand vor ihnen. Annabell hörte nur, daß sie von dem gestrigen Dampfer sprachen, den Annabell auch gesehen und der abends abgelegt hatte. Der Mann, der vor den Seeleuten stand, sagte gerade:

„Auf dem Schiff ist meine Frau, ich muß es erreichen und sie zurückholen."

Ein Seemann beschrieb ihm einen Seeweg, und Annabell hörte noch im Vorbeigehen ihn sagen:

„Es sind 1200 km, aber bei Long Beach können Sie ihn einholen.",

da war Annabell schon vorbei und ließ die kleine

Gruppe der drei Männer zurück.

Sie hatte den Kai erreicht und setzte sich auf eine Bank.

Es war wunderschön: Die Sonne stand hoch oben am Himmel und strahlte und leuchtete, und die ruhige See glitzerte. Es war eine Ansicht von unendlicher Schönheit. So still, so ruhig und friedlich, und für einen Moment war Annabell glücklich.

„Wenn es so friedlich bleiben könnte!"

Morgen würde sie nach Hause fahren, und dann war Mittwoch. Annabells Kaffee-Kuchen-Tag bei ihrem Tantchen, auf den sie sich schon so sehr freute.

Annabell dachte an ihren Urlaub vor drei Jahren, sie hatte ihn mit ihrem Tantchen verbracht, und sie waren auf der Heimreise, als der Zug durch eine Gebirgsgegend fuhr. Annabell und ihr Tantchen beschlossen, schon auszusteigen, um sich noch das Panorama der Gebirgswelt anzuschauen. Ihre Koffer hatten sie als Expreßgut aufgegeben, die würden sie nicht beschweren.

Es war ein ganz einfacher Gebirgsbahnhof, und Annabell war zuerst ausgestiegen. Nun reichte sie ihrem Tantchen die Hand, um ihr beim Aussteigen behilflich zu sein.

In dem Moment rutschte Tantchen ab und geriet zwischen Bahnsteigkante und Zug. Hilflos streckte Tantchen die Arme nach Annabell aus:

„Hilf mir!"

Und Annabell ergriff Tantchens Hand und wollte sie gerade hochziehen, da verlor Tantchen den Boden unter den Füßen und stürzte ab und riß Annabell mit sich in die Tiefe.

Annabell hatte nicht losgelassen, und erst als sie auf den Rand eines weiter unten gelegenen Verbindungsbahnsteiges aufschlug, lösten sich die Hände von Annabell und ihrem Tantchen, und ihr Tantchen verschwand mit einem gellenden Schrei in einer Schlucht voller Nebel, während Annabell plötzlich über ihrem eigenen Körper schwebte und diesen da auf dem Bahnsteig liegen sah, sah, wie eine Frau und ein Mann auf diesen Körper zurannten, und sie nur noch den einen Gedanken hatte:

„Hoffentlich ist mein Körper so zerschmettert, daß sie ihn nicht mehr retten können. Denn dann, wenn Tantchen nicht mehr da ist, will ich auch nicht mehr da sein."

Kapitel 5

Annabell saß auf ihrem Bett und lernte. Eine Stehlampe stand in der Nähe und spendete warmes Licht. Auf dem Bett lagen die Bücher, und neben Annabell stand eine große Schüssel mit grünem Salat.

Seit Annabell in einem Traum einer fliegenden, gläsernen Salatschüssel begegnet war, war sie nicht nur Vegetarier, sondern auch eine große Anhängerin von grünen Salaten geworden. Im Traum war eine gefüllte Salatschüssel von links her herangeschwebt, vor Annabell stehengeblieben, und der Salat hatte zu ihr gesprochen:

„Ich bin die Wahrheit!"

Dann war die Salatschüssel nach rechts hin davongeschwebt. Seitdem aß Annabell hauptsächlich vegetarische Salate und nie wieder etwas von gemordeten Tieren.

Es war schon nicht mehr spät in der Nacht, sondern früher Morgen. Am Horizont über den Häusern der Stadt sah man schon einen hellen Schimmer, der den kommenden Sommermorgen ankündigte.

Und als Annabell so allein lernte und dabei leise vor sich hin sprechend den Lehrstoff wiederholte, da hörte sie plötzlich draußen vor ihrem Fenster einen wunderschönen Gesang. Sie horchte auf, und als der Gesang blieb, sprang sie vom Bett, um zum Fenster zu laufen, damit sie sehen konnte, wer dort so schön sang.

Annabell zog vorsichtig ein Stück der Gardine zurück und spähte hinaus. Da sah sie auf den Dächern der umliegenden Häuser ganz viele kleine Engel spazieren.

Sie hatten vanillefarbene, lange Kleidchen an und weiße Flügelchen, und in ihren Händen hielten sie Zettel, von denen sie ablasen, was sie gemeinsam sangen. Mit ihren nackten Füßchen berührten sie kaum die Dächer der Häuser, über die sie wandelten, und alle umliegenden Dächer waren gefüllt mit spazierenden, singenden

Engelchen.

Da erblickte Annabell ein kleines Engelchen, das genau so aussah, wie sie selbst mit fünf Jahren ausgesehen hatte, und dieses hielt sich an ein größeres Engelchen, das genau dem Ebenbild ihrer Schwester mit zehn Jahren glich. Und diese beiden Engelchen blieben stets beisammen, und man sah und wußte, wie gut sie sich verstanden.

Annabell war ganz glücklich, all die Engelchen zu sehen und ihrem wundervollen Gesang lauschen zu können, und dann auch noch die Gnade geschenkt zu bekommen, die Engelchen mit der persönlichen Ähnlichkeit sehen zu dürfen. Zumal diese sich ganz außerordentlich gut zu verstehen schienen, was Annabell von sich und ihrer Schwester im Menschenleben nicht gerade behaupten konnte.

„Vielleicht",

dachte Annabell,

„sind wir Menschen alle Abbilder von Engeln, und es ist vielleicht unsere Aufgabe, diesen göttlichen Geschöpfen innerlich im Leben ähnlich zu werden. Oder es sind unsere Schutzengel, die genauso aussehen wie wir."

Annabell war über solche Begegnungen immer ganz erfreut und davon hingerissen, denn es bedeutete für sie Gnade, am Göttlichen teilhaben zu dürfen.

Der Sonnenstrahl des Göttlichen, der dem Auferstehungskraut auch im dunkelsten Hofeckchen zu neuem Leben verhilft!

Leben, ja Leben!

Annabell erinnerte sich an einen Traum, in dem sie glaubte, für immer zurückkehren zu müssen:

Schräg über ihr stand eine hellgraue Wolkenwand, und in dieser Wolkenwand war eine Tür geöffnet worden. Die Tür öffnete sich nur von der himmlischen, göttlichen Seite, und wie sie so offen stand, sah Annabell, daß diese Tür auf der inneren, göttlichen Seite ganz blau mit goldenen Sternchen geschmückt war, was

Annabell an Türme orthodoxer Kirchen erinnerte, die manches Mal genauso blau mit goldenen Sternen verziert waren.

Der Ausschnitt der offenen Tür war gefüllt mit hellem, warmem Licht, es flimmerte und leuchtete wie das Funkeln der Sonne auf dem Wasser bei ruhiger See.

Und eine Stimme sprach zu Annabell:

„Hallo, hier ist Gott!"

„Muß ich jetzt sterben?"

fragte Annabell und schaute sich in ihrem Zimmer um, weil dieses dann erst vorher aufgeräumt hätte werden müssen.

„Wieso sterben?"

fragte Gott.

„Na, weil ich Gott gesehen habe.",

antwortete Annabell.

„Wenn man mich sieht, muß man sterben? Wie kann man nur darauf kommen, daß man, wenn man mich sieht, sterben muß? Außerdem hat sie nur ein Stück von mir gesehen.",

wunderte sich Gott.

„Wie kommt sie nur darauf?"

überlegte Gott und ging weiter.

Für Annabell blieb dieser Traum in lebhafter Erinnerung, und er formte ihre Beziehung zu Gott als etwas ganz Fröhliches, auf das sie vertrauen und hoffen durfte.

Und das war gut so, denn seit ihrer Kindheit hatte Annabell an Gott gezweifelt, ob er wirklich, wie im Brahmsschen Lied angenommen, wieder wollte, daß sie aufwachen und weiterspielen durfte. Als Kind wollte sie gar nicht mehr einschlafen, aus Furcht, Gott könnte es sich anders überlegen.

Und aus der Furcht wurde ein mißtrauisches Beäugen, darauf folgte die Gleichgültigkeit, und dann kam die Rückkehr zu Fragen nach Gott.

Aber seit diesem Traum hatte Annabell Gott gefunden,

und das gab ihr Trost, denn seither wußte sie, daß es Gott wirklich gab.

Kapitel 6

Über der Stadt, in der Annabell wohnte, hingen seit Wochen dunkle Winterwolken, es war kalt, und der Wind fegte eisig durch die Straßen.

Annabell schaute aus dem Fenster und sah nur die tief über der Stadt hängenden dunklen Wolken. Und so, wie diese Wolken über der Stadt hingen, hingen sie auch über Annabells Leben.

Kurzerhand warf Annabell einige Sachen in eine Reisetasche und beschloß, dieser Ödnis an diesem Wochenende zu entfliehen.

Es war Sonnabend, und Annabell hatte vor sich hin geplaudert, alles Mögliche getan und eigentlich nichts, bis sie innerhalb weniger Minuten alle Pflichten über Bord warf und sich für ein Wochenende am Meer entschied, um die Sonne zu suchen. Vielleicht würde sie diese ja dort finden. Sie wollte zu ihrer geliebten Insel, dort würde sie ganz sicher das Licht, das ihr fehlte, wiederfinden.

Als Annabell an der letzten Station auf dem Festland ausstieg, war es schon später Nachmittag. Bis zur Insel würde sie es heute nicht mehr schaffen, also beschloß sie, für heute auf dem Festland zu bleiben.

Im Sommer lief sie immer die halbe Stunde bis zur Küste, anstatt den Bus zu nehmen, und so wollte sie es diesmal auch im Winter tun. Aber es waren noch drei Kilometer bis zur Stadt am Meer.

Als Annabell die ersten sechzig Meter an den kahlen Bäumen vorbei die Landstraße entlanggegangen war, kehrte sie wieder um und ging zum Bahnhof zurück. Das war viel zu einsam, nein, dieses Risiko wollte sie nicht eingehen. Lieber zwei Stunden auf den Bus warten, als hier einsam durch die verschneite Wildnis stapfen.

Eigentlich kannte Annabell nur immer die eine Seite des

Bahnhofes, wo die Busse hielten, und die andere Seite kannte sie gar nicht, und so ging sie durch den Durchgang des Bahnhofes auf die linke Seite, um einmal zu sehen, was es dort zu entdecken gäbe. Vielleicht würde das Warten auf den Bus dann gar nicht so langweilig werden.

Annabell fand einen Spielplatz und sogar ein Ehepaar mit zwei spielenden Kindern, aber es war merkwürdig, obwohl sie alle miteinander scherzten und lachten, war überhaupt keine Liebe zwischen ihnen, weder zwischen Frau und Mann noch zwischen den Eltern und den Kindern. Sie waren zusammen, aber sie liebten einander nicht.

Und über allem hing diese geschlossene graue Wolkendecke, die alles noch trübseliger erscheinen ließ.

Annabell schaute voller Sehnsucht und Liebe zum Himmel empor, irgendwo dort oben hinter den Wolken mußte ihre geliebte Sonne zu finden sein. Und als sie so schaute auf der Suche nach der Sonne, da schien es Annabell, daß genau dort, wohin sie geschaut hatte, sich die Wolkendecke etwas gelichtet hätte, ein ganz klein bißchen schien sie durchlässiger geworden zu sein.

Und plötzlich wußte Annabell: Wenn sie ganz viel Liebe aus ihrem Herzen der Sonne schicken würde, dann könnte die Sonne sie finden.

Die Sonne schien über allen, aber wenn Annabells Liebe von der Seite der Erde die Wolken durchlässiger werden ließe, dann könnte die Sonne von der anderen Seite ihrerseits die dunklen Wolken durchdringen und auflösen und Annabell finden.

Annabell war müde, und sie fror, es war schon abends halb zehn, und gerade erklärte ihr eine Frau an der Rezeption eines Hotels, daß sie kein Zimmer für sie hätte.

Als Annabell im Küstenstädtchen angekommen war, hatte das Touristenbüro schon geschlossen, und so mußte Annabell von Hotel zu Hotel gehen, um zu fragen, ob jemand ein Zimmer für sie hätte. Zu dieser Jahreszeit hatten aber die meisten Hotels geschlossen oder wurden renoviert, das Angebot war gering, und allmählich wurde Annabell verzweifelt.

Sollte sie eine Nacht im Freien an der Bushaltestelle verbringen?

Da sagte die Frau vor ihr, daß Annabell es noch am Rande der Stadt versuchen sollte, dort gäbe es eine kleine, ganz einfache Pension ohne Komfort, die hätte ganz sicher noch ein Zimmer für sie frei.

Annabell war alles egal, nur endlich ein Obdach über dem Kopf!

Und wirklich, die ganz kleine, alte Pension hatte noch ein Zimmer frei.

Und es war gemütlicher, als Annabell gedacht hatte, einfach so, wie vor hundert Jahren, ein Raum für Nostalgiker, und Annabell war es gerade recht.

Schön so! Und endlich ein Bett!

Als am nächsten Morgen Annabell in den Frühstücksraum trat, war dieser noch ganz leer.

Annabell war eine Frühaufsteherin, und so war sie der erste Gast, der schon anwesend war.

Vom Frühstücksraum konnte man in den Garten schauen, und Annabell war viel zu sehr an allem interessiert, als daß sie nicht erst einmal ihre Umgebung inspiziert hätte.

Sie trat auf die Veranda und schaute in einen wunderschön verschneiten Garten, in dem kleine Tannen standen, verschneite Obstbäume und vieles mehr, und überhaupt sah alles entzückend aus, denn über allem strahlte hoch oben am blauen Himmel die Sonne, und nur ein ganz kleines, weißes Wölkchen stand rechts neben ihr.

Am Fenster der Veranda hatten sich grazile Eisblumen gebildet, die jetzt zu schmelzen begannen. Überhaupt fing alles an zu schmelzen und zu tropfen im Garten durch die Wärme und durch das Licht der Sonne.

Annabell war glücklich, sie hatte die Sonne gefunden, und die Sonne Annabell!

Und als Annabell zur Sonne emporschaute, wußte sie plötzlich ganz fest, daß noch etwas ganz Schönes, Strahlendes und Leuchtendes in ihrem Leben auf sie warten würde, irgendwann würde es geschehen, irgendwann würde es Annabell begegnen, dessen war sie sich plötzlich ganz sicher.

Kapitel 7

In den Vortragsraum schien hell das Licht. Die Theologieprofessorin als Rednerin hatte gerade ihren Vortrag beendet und ließ jetzt Zeit für Fragen.

Annabell ließ mehrere Fragen an sich vorüberziehen, sie achtete aber gar nicht mit der nötigen Konzentration auf sie, weil sie viel zu sehr mit ihrer eigenen Frage beschäftigt war, die sie gern stellen wollte, aber sie war innerlich zu schüchtern, um diese laut vor dem großen Publikum in den Raum zu stellen.

Schon war fast die gesamte Veranstaltungszeit abgelaufen, und die meisten Fragen hatten eine Antwort gefunden, da wagte Annabell sich mit ihrer Frage hervor.

Vor ihr lag das Neue Testament im griechischen Urtext, und Annabell stellte ihre Frage zu einer Wortwendung im Textapparat, die eine grundlegend andere Deutung des ganzen Haupttextes hervorrief.

Die Theologieprofessorin lächelte sie freundlich an, stimmte ihr zu, und großes Interesse entstand an dieser Frage im Raum.

Ein Mann kam sogar zu Annabell, um in ihr Buch zu schauen und die Textstelle anzusehen.

In dem Moment überkam Annabell wieder das Gefühl aus ihrer Kindheit, in solchen Momenten der Aufmerksamkeit schnöselig zu tun, doch da gingen Annabell die Gedanken durch den Sinn:

„Wenn ich jetzt eingebildet tue, merken sie, daß ich nichts kann."

Und deshalb blieb Annabell unverwandt freundlich, bescheiden, voller Demut in der Sache, und gehörte weiterhin dazu.

Annabell wechselte noch einige Worte mit ihrem Gesprächspartner und ging auch mit ihm aus dem Raum auf die Straße, nachdem die Vortragsreihe beendet worden war und sich die Türen des Vortragsraumes geöffnet hatten. Dort verabschiedete sie sich von ihm, denn sie wollte noch zur katholischen Messe.

Annabell war evangelisch, aber sie ging regelmäßig zur katholischen Messe, seit ihr im Traum die Christusstimme begegnet war.

Annabell hatte nämlich eine sehr schlechte Eigenschaft angenommen.

Vor Jahren hatte sie aufgrund einer schweren Operation zwei Fremdblutkonserven erhalten, und als sie danach aus der Narkose aufwachte, war sie ein anderer Mensch mit anderen Eigenschaften, Ansichten und Gefühlen. Ihr altes Ich war auch noch vorhanden, deshalb bemerkte sie auch die Veränderung, die sich vollzogen hatte.

Annabell mußte plötzlich Dinge denken, die sie nicht denken wollte, sie mußte Menschen nett und sympathisch finden, die sie vorher grundsätzlich abgelehnt hatte, dafür lockerten sich ihre alten Freundschaften, weil sie keinen Zugang mehr zu den alten Freunden fand. Sie mußte Dinge lecker finden und essen, die ihr vorher nie geschmeckt hatten.

Und sie wurde manches Mal mißtrauisch, unduldsam, bekam schlechte Gedanken und wurde leicht ärgerlich über andere Menschen.

Und das alles, während sie mitbekam, daß dieser neue Mensch nicht zu ihrem Ich gehörte.

Es war entsetzlich!

Aber man darf über sich und andere Menschen nichts Schlechtes sagen, man muß vorsichtig sein mit dem, was man über sich selbst und über andere Menschen auf der Erde sagt.

Und Annabell hatte manchmal ihre dunklen Gedanken in Worten laut in die Welt gesprochen, und das hätte sie nicht tun sollen, denn es waren Lügen.

Sie war so ärgerlich gewesen, wollte ihren damaligen lieben Bekannten aus Wut und Enttäuschung nicht mehr wiedersehen und hörte auf, für ihn zu beten. Drei Tage später ging er für immer fort. Als Annabell davon erfuhr und die nächsten Wochen im Chaos der Traurigkeit versank, kam in einem Traum die Christusstimme zu ihr und fragte sie:

„Willst du noch weiter irdische Existenzen vernichten?"

„Nein!"

antwortete Annabell.

„Dann werde fromm und lüge nicht mehr. Und lüge nicht mehr!"

Und Annabell wußte, daß es jetzt ihre letzte Chance war.

Und wenn sie keine schlechten Dinge gesagt hätte, sondern weiterhin für den lieben Bekannten gebetet hätte, hätte ein gutes Wort genügt, und der Wagen wäre vor dem Ufergitter zum Stehen gekommen.

Seit damals ging Annabell in die katholische Kirche zur heiligen Messe, regelmäßig, fast jeden Tag, um erneuten Anfechtungen zu entfliehen, und um ihr altes Ich in den Vordergrund ihres Lebens stellen zu können, und um alle Fremdeinflüsse und Eigenschaften der Blutspender durch die Blutkonserven zurückzudrängen.

Als Annabell in die katholische Kirche kam, waren bereits alle versammelt, und die Messe sollte beginnen.

Aber sie begann nicht, weil die Kerzen nicht angezündet werden konnten, da der Anzünder nicht zu finden war.

Und eine Messe ohne brennende Altarkerzen war undenkbar.

Annabell griff in ihre Tasche, holte ein Päckchen Streichhölzer hervor und warf es dem Ministranten zu. Der fing es auf, zündete die Kerzen an, und die heilige Messe begann.

Aber es wunderte Annabell nicht, daß dieser Zwischenfall dem jungen diensthabenden Priester passierte, den sie immer mit Nachdenklichkeit ansah.

Einmal war ihm die Hostie bei der Übergabe an einen sehr alten Priester heruntergefallen. Er hatte nach ihr geschaut, sie aber auf dem Boden liegengelassen.

Er hatte den Leib Christi auf dem Boden liegengelassen!

Der sehr alte Priester ging in die Knie auf den Boden, hielt sich am Altar fest und wollte die Hostie aufheben. Da endlich bückte sich der junge Priester und hob die Hostie auf. Dann half er dem alten Priester beim Aufstehen, und die Gemeinde befürchtete, daß der alte Priester beim Aufstehen umfiele, aber Gott war mit ihm, und er kam gesund wieder auf die Beine.

Seitdem wurde Annabell nachdenklich, wenn sie den jungen Priester sah, und daß er jetzt nicht für brennende Kerzen rechtzeitig gesorgt hatte, war nur ein weiterer Punkt, der sie nachdenklich machte.

Nach der katholischen Messe beschloß Annabell, noch zur katholischen theologischen Bibliothek zu gehen, um dort nach einem bestimmten Buch zu fragen.

Am Eingang der Bibliothek begegneten ihr zwei Studentinnen, die sich darüber unterhielten, welches biblische Buch sie während einer Autofahrt besprechen wollten. Die eine Studentin sagte gerade zu ihrer Kommilitonin:

„Nehmen wir den Epheserbrief!"

Doch ihre Freundin reagierte nicht. Da sagte die erste Studentin noch einmal:

„Epheserbrief!"

und wartete auf Antwort, die wieder ausblieb, da die andere Kommilitonin gerade damit beschäftigt war, die Wagentür zu öffnen.

Da drehte sich Annabell nach den beiden Studentinnen um und rief den beiden jungen Studentinnen zu:

„Die Johannesbriefe, nehmt die Johannesbriefe! Der 1. Johannesbrief ist für so eine Fahrt wahrscheinlich zu lang, aber 2. und 3. Johannesbrief eignen sich für so etwas hervorragend!"

Annabell wollte gerade durch die Tür in die Bibliothek, als sie las, daß wegen Bauarbeiten der andere Eingang zu benutzen sei. Annabell hatte aber keine Lust, den ganzen Weg unten um das Haus zu gehen, um dann die vielen Stufen hinaufsteigen zu müssen. Nein, sie wollte die Abkürzung nehmen, die sie früher immer im Sommer genommen hatte.

Sie lief oben direkt um das Haus herum durch den Schnee und wollte gerade über die Steine der Treppenbegrenzung klettern, als sie bemerkte, daß diese vereist waren.

Annabell glitt etwas ab, konnte sich aber im letzten Moment noch halten, sonst wäre sie die ganze Steintreppe hinuntergefallen. Annabell gab sich einen Schwung und stand dann sicher auf der Treppe.

Ein paar Stufen hinaufsteigend, sah sie schon im erleuchteten Innern der Bibliothek hinter der Glastür drei Männer stehen, von denen sie sofort annahm, daß sie katholische Theologen seien, so ehrwürdig sahen sie aus.

Und als Annabell gerade vor dem Eingang der Bibliothek stand, merkte sie plötzlich, daß sie ganz großen Hunger hatte und irgendetwas essen mußte.

Genau in dem Moment, als sie wieder beginnen wollte, ihren Geist auf theologisch-philosophische Dinge zu konzentrieren, meldeten sich ihre Essensphantasien zurück.

Und Annabell dachte gern und oft an Essen, schon deshalb, weil sie aufgrund ihrer vielen Nahrungsmittelallergien von den meisten süßen Speisen nur träumen durfte.

Annabell drehte sich um, stieg die Stufen hinunter und dachte, daß sie den Bibliotheksbesuch auch auf ein andermal verschieben könnte.

Auf der Straße schaute sie sich noch einmal um und erfreute sich am Anblick der alten Villa, in der die Bibliothek untergebracht war.

Wenn Annabell heute auch nicht weiter dort geblieben war, war doch ein neuer Anfang gemacht, um sich wieder mit den alten Themen zu beschäftigen.

Ein neues Ziel war gesetzt, um von den Gedanken der Alltäglichkeit fortzukommen.

Annabell überlegte, daß vielleicht beides zusammengehört: Profanität des Alltags und Wissensdurst nach Wahrheit und Leben.

Jetzt wollte Annabell sich einfach nur freuen, sie war da gewesen. Wenn auch nicht in die Bibliothek hineingegangen, so war sie doch aber schon dorthin gegangen, und das war ein großer Fortschritt, gemessen an der langen Zeit, in der sie sich mit gar nichts mehr beschäftigt hatte, gar nichts mehr gewollt hatte.

Und im Gefühl, heute etwas Schönes getan und Neues begonnen zu haben, gestattete sich Annabell jetzt auf ihrem Weg all die Gedanken an Dinge, die sie vielleicht heute abend noch werde essen dürfen.

Kapitel 8

„Nein, es wird zuviel, ich kann nicht. Und überhaupt, ich bin krank.

Was soll ich denn noch alles machen?!

Ich will nicht!

Ich gehe jetzt zur Abendschule und melde mich ab. Ich kann die Prüfungen nicht ablegen.

Und überhaupt, ich habe nicht gelernt.

Ich kann das alles nicht.

Es wird zuviel!"

Annabell machte sich auf den Weg zur Abendschule.

Als sie sie erreicht hatte, schritt Annabell direkt auf eine große Anzeigentafel zu, an der viele Blätter mit allen möglichen Informationen hingen. Sie suchte die Information über das Zimmer, in dem sie sich melden mußte, um sich vom Kursus und von der Prüfung zu befreien.

Eineinhalb Jahre hatte Annabell den Kurs besucht, aber jetzt, so kurz vor dem Abschlußexamen, bekam sie Angst.

Es war, als wüßte sie gar nichts mehr. Das, was sie gelernt hatte, hatte sie vergessen, und den Rest hatte sie einfach nicht gelernt.

Alles Mögliche war in ihrem Leben gewesen, und im vergangenen halben Jahr war sie zu nichts mehr wirklich gekommen.

Eine Prüfung in jenem Fach traute sich Annabell nicht zu.

Und deswegen wollte sie ganz schnell aus diesem Kurs aussteigen, vor einer eventuellen Blamage einer durchgefallenen Prüfung!

Während Annabell noch vor der Anzeigentafel stand, gewahrte sie seitlich durch das Fenster, daß das Nebenhaus wankte.

Ein Plattenbau, der schon lange leer stand.

Das Haus neigte sich ganz langsam und fiel dann

einfach nach vorn um. Alles bebte und zitterte, und Annabell flüchtete sich an die Wand.

„Aus, alles vorbei! Gleich wird alles vorbei sein, auch das hier wird zusammenbrechen, und die Platten werden mich zermalmen."

Annabell wartete, daß das Haus, in dem sie war, zusammenbrach, aber die Abendschule blieb fest.

„Das hätten sie aber auch ankündigen können, daß sie heute das Haus sprengen.",

dachte Annabell.

„Oder ist es ein Erdbeben?"

Aber die Erde bebte nicht mehr.

Draußen, wo das Haus verschwunden war, wurde der Anblick eines Heizkraftwerkes sichtbar. Auch dort hatte es Schäden gegeben, der Schornstein stand noch, aber die Zementverkleidung vom Heiztrakt war teilweise abgebrochen, und man sah vor dem dunklen Hintergrund des Abends nur das rötliche Glühen des Heiztraktes.

Es sah unheimlich aus.

Annabell wartete immer noch darauf, daß die Abendschule zusammenfiele, aber sie wankte nicht einmal.

Für Annabell war es nicht das erste Mal, daß sie so etwas Schreckliches erlebte.

Sie wußte noch genau, wie es war vor Jahren, als sie ins Krankenhaus lief, um noch ein paar Decken und andere Sachen abzuholen, die Tantchen dort liegengelassen hatte, als sie mit dem Krankentransportwagen nach Hause gefahren war.

Annabell stand im Krankenzimmer, packte gerade alles in einen Koffer, schaute nebenbei zufällig aus dem Fenster, als sie bemerkte, daß es im in der Nähe sich befindenden Teleturm eine Explosion gab.

Sie sah, wie die kleinen Schrägfenster des Turmes heraussprangen, dicker, grauer Qualm schwer aus den Öffnungen hervorquoll, und wie sich ganz plötzlich die

Turmspitze neigte. Und sie neigte sich genau dorthin, wo Annabell im Krankenhaus im Krankenzimmer stand.

Die Turmspitze war hoch, sehr hoch.

Sie neigte sich und kam direkt auf Annabell zu, sie senkte sich genau auf Annabell!

Annabell sah noch die weiß-rote Spitze, hörte es krachen, Glas splittern, und dann schrie es nur noch aus Annabell heraus. An mehr konnte sich Annabell nicht mehr erinnern, nur noch an ihren Schrei!

Und an all das mußte Annabell jetzt wieder denken. Aber diesmal war sie nicht ohnmächtig geworden wie damals.

Annabell schaute fasziniert auf das leuchtende Glühen des Heizkraftwerkes. Darüber vergaß sie fast, daß sie sofort die Abendschule verlassen mußte, denn man wußte ja nie, ob sie nicht doch noch zusammenfallen würde.

Zur Abmeldung vom Kursus würde sie heute sowieso nicht mehr kommen, aber das war vielleicht auch gar nicht nötig, denn vielleicht hieß das alles, daß Annabell weitermachen und die Prüfung doch versuchen sollte.

Ja, vielleicht hieß es das.

Annabell würde es wenigstens versuchen, denn schon Friedrich Schiller sagte:

„Was man von der Minute ausgeschlagen, gibt keine Ewigkeit zurück."

Kapitel 9

Annabell stand im Haus ihres Großvaters. Es war eine schöne alte Villa, die in Annabell so viele Erinnerungen wachrief an ihre Kinderzeit, in der sie hier oft gespielt hatte. In ihrer Erinnerung war es ein Geborgenheit ausstrahlendes Heim.

Heute war sie nicht allein im Haus des Großvaters. Verwandte wohnten hier in der unteren Wohnung, und Annabell war nur zu Besuch.

Sie taten dies und das, unterhielten sich, und alles schien so ruhig und friedlich, wie an einem schönen Sommervormittag die Welt oft erscheint.

In dem Moment war jemand an der Wohnungstür, und obwohl die Tür abgeschlossen war, wurde sie von außen geöffnet.

Ehe Annabell und ihre Verwandten zur Tür eilen konnten, um sie zuzudrücken, standen die bewaffneten Terroristen, die einen Unterschlupf suchten, schon in der Wohnung.

Annabells Verwandte, eine Frau und ein Mann, schrien auf. Es erfaßte sie eine schreckliche Angst, und sie rannten nur noch durch den Korridor in ein hinteres Zimmer und verbarrikadierten sich, so daß Annabell ganz allein den Terroristen gegenüberstand.

Da drehte Annabell sich um und lief zum geöffneten Fenster des nächstgelegenen Zimmers.

In dem Moment war Christus da, er legte sich quer auf die Türschwelle, so daß die Terroristen Annabell nicht folgen konnten, ohne erst über Christus steigen zu müssen, was sie aber angesichts des Christus' gar nicht wagten.

Annabells Rückzug war dadurch gesichert.

Annabell kletterte auf das Fensterbrett, und sie hatte Glück.

Genau unter dem Fenster stand eine Sandkiste, auf die sie springen konnte. Von der Sandkiste hangelte sie sich in den Garten hinab und rannte davon in den blühenden, sonnigen, rückwärtigen Teil des Gartens. Dort gab es eine kleine Gartenpforte, die auf einen verborgenen Seitenweg führte.

Denn zum Haupttor wollte Annabell nicht mehr zurück, vorne warteten sicher die Terroristen auf sie.

Annabell erreichte auch glücklich die kleine Gartenpforte und war gerettet.

Und in ihrem Herzen dankte sie Christus für ihre Errettung, der ihre Flucht in den blühenden Garten ermöglicht hatte.

Ohne Christus wäre sie genauso verloren vor Angst gewesen, wie ihre Verwandten, die im Haus zurückgeblieben waren.

Kapitel 10

Es war ein langer Gang der Rehabilitationsklinik. Annabell schlurfte ihn entlang. Langsam war ihr Schritt, und es war doch noch gar nicht so lange her gewesen, daß sie fröhlichen Schrittes durch die Welt gewandert war.

Was sie hierher gebracht hatte, lag in weiter Entfernung. Annabell konnte sich kaum darauf besinnen.

Sie wußte nur noch, daß es spät geworden war, und Annabell mochte es gar nicht, so spät im Dunkeln nach Hause zu gehen.

Von der U-Bahn kommend, hatte sie die Abkürzung über den schlecht beleuchteten Platz gegenüber vom Kaufhaus genommen.

Irgendwann, als sie den Platz schon fast überquert hatte, lief plötzlich ein Mann hinter ihr und versuchte, Annabell von hinten zu erwürgen. Er griff mit beiden Händen nach ihrem Hals, aber Annabells Rucksack behinderte ihn, und dadurch kam er nicht zu seinem Ziel.

In dem Moment bog ein Ehepaar auf den Platz ein.

Der Angreifer ließ Annabell los und verschwand im Dunkeln.

Annabell schlug das Herz bis zum Hals.

„Nur weg!"

dachte sie.

Annabell lief zur Straße.

Sie wollte nur nach Hause, nur endlich heim.

Die große Straße mußte sie noch überqueren, dann waren es nur noch einige Minuten bis zu ihrem Wohnhaus.

Als Annabell auf der Straßenmittelinsel stand und darauf wartete, daß die Ampel für sie die Phase Grün anzeigen würde, fuhr plötzlich ein Auto über die Mittelinsel, erfaßte Annabell von hinten und schleuderte sie zur Seite.

Annabell wußte nichts mehr, nur kurzzeitig kam noch einmal das Bewußtsein zurück, als ein Rettungssanitäter sich über sie beugte und zu jemandem sagte:

„Doppelter Schädelbasisbruch!"

Dann wurde wieder alles dunkel.

Und nun war Annabell nach Monaten hier endlich in der Rehabilitationsklinik gelandet.

Oft war sie von anderen Patienten gefragt worden, ob sie sich vor dem Ewigen Fortgang gefürchtet hätte, als sie in der ersten Klinik mit ihren komplizierten Brüchen lag.

Nein, Annabell hatte sich nicht gefürchtet, sie wußte ja, daß eigentlich alles ganz einfach war, weil zur Abrundung des irdischen Lebens immer das Licht kommt.

Es kommt nur darauf an, wie man sich dazwischen verhält.

Und doch hatte Annabell um ihr Leben gekämpft, wie eine Löwin um ihre Jungen. Denn ohne ihren Kampf gäbe es sie nicht mehr auf dieser Welt.

Aber sie sprach darüber nicht, außer zu Tantchen.

Jetzt saß sie hier und schaute voller Spannung, ob vielleicht dieser gutaussehende Mann von der Nachbarstation wieder vorbeikommen würde. Er sah phantastisch aus, und er gefiel Annabell ausnehmend gut. Seine Augen waren braun und schauten traurig in die Welt. Meist trug er einen hellen Trenchcoat, an dem Annabell ihn immer schon von weitem erkannte.

Sie wußte nicht viel von ihm, nur, daß er im letzten Krieg gekämpft hatte, daß er Sebastian hieß und aufgrund seiner französischen Vorfahren darauf bestand, daß alle seinen Namen auch französisch aussprachen.

Sie wußte aber nichts davon, daß Sebastian von einer Szene aus dem Krieg regelrecht verfolgt wurde:

Es war im Morgengrauen, als die Abteilung, in der auch eine Frau kämpfte, hintereinander einen schmalen Pfad entlangging. Sebastian trug sein schweres

Maschinengewehr in der Hand.

Am Vortag hatte es schwere Kämpfe dort in der Gegend gegeben, aber niemand hatte die Verwundeten geborgen. Als Sebastian und seine Kameraden an das kleine Wäldchen kamen, hörten sie das Stöhnen der Verwundeten, und Sebastian hätte gern geholfen, aber sie mußten weiter, sie waren auf bereits vom Feind besetztem Gebiet und mußten ganz leise sein und sich beeilen.

Sie konnten nicht helfen, niemandem.

Aber die Schreie und das Stöhnen und den Anblick der dort liegenden eigenen Soldaten bekam Sebastian nie mehr los.

Später wurde die Truppe zersprengt, und Sebastian irrte drei Tage ohne Wasser umher, und als er dabei an ein Lager des Feindes geriet und dieses zwischen den Bäumen sah, war ihm das auch schon völlig egal, so gleichgültig hatte ihn der Wasserentzug gemacht.

All das hatte Sebastian nicht hart werden lassen, sondern traurig.

Er war erschöpft und wollte nur noch seine Ruhe haben.

Er war ganz anders als früher geworden, damals, als er noch als Unternehmer arbeitete und sich stets sicher war, das für ihn Richtige zu tun, jedenfalls versicherte er sich dessen immer wieder selbst, wenn Zweifel ihn einholen wollten.

Besuch bekam er in der Rehabilitationsklinik keinen, das lag daran, daß sich noch vor Kriegsbeginn seine Freundin von ihm getrennt hatte, und seinen Freunden hatte er nicht gesagt, wo er war.

Sebastian dachte oft zurück an jenen letzten Tag mit Helene:

Er fuhr sein Auto an den Straßenrand, an dem seine Freundin vor dem Haus ihrer Eltern auf ihn gewartet hatte. Sie war blond mit Pagenschnitt, sehr hübsch, und sie trug an diesem Nachmittag Jeansshorts, die dann später Anlaß der letzten endgültigen Entfremdung zwischen Sebastian und Helene werden sollten.

Helene stieg ein, und sie wirkte sehr still.

Als Sebastian anfuhr, schaute er zu ihr hinüber, schaute in ihr Gesicht und dachte:

„Irgendetwas ist doch!"

Doch dann mußte er sich auf den Straßenverkehr konzentrieren und hatte keine Zeit mehr für weitere Überlegungen.

Sebastian hatte einen wichtigen Geschäftspartner nicht erreicht und mußte nun an das Ende der Stadt fahren, um zu sehen, ob er dort zu finden wäre, und zwar heute noch.

Sie hielten auf einem Parkplatz vor einem Gebäude, das wie eine Lagerhalle aussah, und Sebastian sagte zu Helene beim Aussteigen:

„Warte hier!"

Aber Helene stieg mit aus und erwiderte:

„Nein, ich komme mit!"

Sebastian lächelte leicht, und es war ihm auch recht.

Oben in dem Gebäude war eine Art Saloon eingerichtet worden. Überall Männer in Jeans, mit karierten Hemden und Lederwesten, jeder fühlte sich hier als Cowboy.

Helene hatte sich zu einer Gruppe von drei Männern gesetzt, mit denen sie lachte und scherzte.

Sebastian war inzwischen auf der Suche nach dem Geschäftspartner gewesen, hatte ihn aber nicht gefunden und ging jetzt nachdenklich durch die Menge der Männer.

Da erblickte er Helene, wie sie so zwischen den Männern saß, und wie vor allem ein älterer Cowboy mit großem Wohlgefallen auf ihre nackten Beine in den Jeansshorts schaute.

„Wie die sie schon wieder anschauen!"

dachte Sebastian und wurde ganz ärgerlich.

Laut sagte er nur zu Helene:

„Komm jetzt!"

Die Männer hatten die Art und Weise und die

Ablehnung Sebastians bemerkt, und ein bedrohliches Raunen ging durch den Raum:

„Er fühlt sich als was Besseres!"

Sebastian hatte aber schon die Treppe erreicht. Ohne Eile schritt er sie hinab.

Beide Hände hatte er in den Taschen seines hellen Trenchcoats verborgen.

Schräg hinter ihm her lief Helene, ganz verzweifelt und traurig ihn fragend:

„Was hab' ich denn getan? Ich hab' mich doch nur unterhalten!"

Sebastian schwieg, was sollte er schon darauf antworten. Natürlich, sie hatte sich nur unterhalten, was sollte er dazu sagen, also sagte er gar nichts.

Und dieses Schweigen war das letzte zwischen ihnen, sie waren keine Freunde mehr.

All das blieb in Sebastians Seele erhalten. Jetzt war er in der Rehabilitationsklinik, aber es interessierte ihn nichts mehr. Vielleicht würde das Gras wieder grün, und die Wolken würden wieder hell, und die Sonne würde wieder strahlend leuchten, aber bis dahin war es noch ein weiter Weg für ihn.

Doch davon wußte Annabell nichts. Sie erfreute sich nur an seinem Anblick und hoffte jeden Tag, er werde den Gang entlangkommen, um ein wenig im Park spazierenzugehen. Dann konnte sie ihn sehen und heimlich anschwärmen. Das half Annabell ganz enorm, um wieder fröhlich zu werden.

Und als sie Tantchen anrief, versicherte sie ihr, ganz baldigst wieder nach Hause zu kommen, gesund und wiederhergestellt, um dann mit Tantchen endlich wieder deren geliebte Brettspiele zu spielen, damit die Welt wieder ein freundliches Gesicht bekam und für Momente in Ordnung schien.

Kapitel 11

„Güte ist Ausleuchtung des Willens mit Licht."
Annabell sagte sich diesen Satz immer wieder vor, sie
murmelte ihn schon heute den ganzen Vormittag vor
sich hin, aber sie verstand ihn emotional nicht.
Wie sollte sie ihren Willen mit Licht ausleuchten?
Licht stand synonym für Leben und deshalb auch für
Liebe, hieß es also:
„Güte ist Ausleuchtung des Willens mit Liebe"?
Ja, so konnte es sein, so gefiel es Annabell schon sehr
gut.
Dieser Satz war Annabell nämlich genau zum Zeitpunkt
zwischen Schlaf und Aufwachen im Innern gesagt
worden. Und seither grübelte sie über seine Bedeutung
nach.
Annabell fühlte sich ja eigentlich sehr geehrt durch das
Universum aufgrund dieser philosophischen Dinge, die
ihr manches Mal im Traum gesagt wurden, aber das
hätte sie nie zugegeben.
Nach außen tat sie meist gleichgültig, wenn sie
Freunden davon erzählte.
Nie hätte sie öffentlich zugegeben, wie phantastisch sie
das alles fand, und wie sie manches Mal ihren
griechischen Lieblingsgöttinnen Athene, Aphrodite und
Hera dafür dankte.
Annabells Götterwelt war sehr bunt; sie liebte den
christlichen trinitarischen Gott und Christus als den
Logos, sie verehrte die griechischen und römischen
Götter und interessierte sich sehr für die germanische
Götterwelt.
Das war Annabells Götterwelt, und darin herrschte
Frieden.
Aber eigentlich im Innern glaubte Annabell nur an Gott
als das Licht und die Liebe.
Sie glaubte, Gott werde das Licht sein, das eines Tages
kommen würde, um sie abzuholen.

Das Licht, das ein ganz liebes und tolerantes Wesen war und ihr vor Jahren ihr Leben zurückgeschenkt hatte.

Annabell hatte nach einer komplizierten Operation einen Kreislaufkollaps erlitten, und plötzlich stand diese matt orange leuchtende Scheibe in der Luft, die sich irgendwie seitwärts drehte.

Im nächsten Moment kam dieses wunderbare weiße Licht von ganz weit her, erst ganz klein seiend und dann immer größer werdend. Mit einer unglaublichen Geschwindigkeit kam es auf Annabell zu.

Erst hatte sich Annabell über die matt orange leuchtende Scheibe in der Luft gewundert:

„Was ist denn das jetzt?"

Aber als Annabell des Lichtes gewahr wurde, wußte sie Bescheid, und es ging um Bruchteile von Sekunden in ihrer Entscheidung.

Annabell riß sich hoch von ihrem Bett und sagte nur noch:

„Ich will nicht sterben!"

Da wurde das Licht zum Kugelblitz und waberte mit Schweif an ihrer linken Schulter vorbei, und Annabell erkannte in diesem Moment, daß dieser kleine Kugelblitz ein ganz liebes, tolerantes Wesen war, das eben ihr ihr Leben zurückgeschenkt hatte.

Und manches Mal später hatte sie ab und zu plötzlich das Gefühl, daß es in ihrer Nähe war, aber das erzählte sie niemandem, außer Tantchen.

Annabell ging ans Fenster, um es zu schließen. Da gewahrte sie den leuchtenden Anblick der Sonne über dem Bahndamm.

Die Sonne sah wunderschön aus, und als nun ein dunkler Zug von der linken Seite kam und die Sonne für kurze Zeit verdeckte, so konnte er doch nicht ihr Strahlen verdunkeln, die Sonne leuchtete einfach über den dunklen Zug hinweg.

Als Annabell so die Sonne sah, mußte sie wieder daran

denken, daß sie sich schon oft in der katholischen Messe gefragt hatte, ob die runde vanillefarbene Oblate, die Hostie, religionsgeschichtliche Wurzeln im Sonnenkult besäße.

Genauso, wie die halbierte Oblate religionsgeschichtliche Wurzeln im Mondkult haben könnte, dann, wenn der Priester sagt:

„Seht das Lamm Gottes, das hinwegnimmt die Sünde der Welt."

Die halbierte Oblate erinnerte Annabell immer an eine Mondhälfte.

Allzugern hätte Annabell es gewußt, aber wen konnte sie danach fragen? Wer wußte so etwas oder gab es zu?

Annabell ging ins Badezimmer, um sich die Hände zu waschen, als sie nebenbei währenddessen in den Spiegel schaute.

Und als sie so in den Spiegel blickte, veränderte sich plötzlich ihr Spiegelbild, und sie sah eine ganz unzufriedene, quengelige und zeternde Frau.

Dann veränderte sich das Spiegelbild wieder, und ein sanftes Gegenüber wurde sichtbar, lieblich lächelnd mit wunderbaren braunen Locken.

„So schön bin ich gar nicht.",

dachte Annabell und glaubte nicht, daß sie ihr eigenes Spiegelbild sähe.

Da veränderte sich das Spiegelbild erneut, und eine Frau mit groben Gesichtszügen und tief gefurchten Falten wurde sichtbar.

Dann verschwand alles, und Annabell schaute wieder ganz normal in ihren Spiegel und aus diesem heraus.

Alle drei Spiegelbilder hatten ihre Züge getragen, sie war es gewesen.

Ganz erstaunt darüber, fragte sich Annabell, was das wohl zu bedeuten habe.

Wollte der Spiegel ihr ihr Leben vorführen?

Ihre ständige Unzufriedenheit in Bild I?!

Und würde sie besser aussehen, wie in Bild II, wenn sie

öfter lächeln würde und frohen Mutes wäre?

Und brachte ihr das unnütze Zeitunglesen über die aktuelle Tagespolitik, wovon Annabell sich nur allzuoft ablenken ließ, letztlich nur grobe Gesichtszüge im Leben?

Annabell fiel das vergangene Klassentreffen ein:

Eine ehemalige Schulkameradin sprach sie an und sagte:

„Weißt du, wie du bei allen heißt?"

Annabell erwiderte:

„Nein, sag es doch!"

Ihre ehemalige Klassenkameradin schaute zur Seite.

„Sag es doch!"

Fest Annabell ansehend, sagte die ehemalige Mitschülerin zu ihr:

„Ich!"

Aber Annabell war gar nicht böse oder verärgert, sondern freute sich ehrlich.

Nannte man sie auch „Ich", so hieß das doch, daß sie nicht mehr das schüchterne, verzagte, kleine Mädchen war, das nicht ernst genommen wurde.

Manches Mal hatten die großen Jungen der Schulaufsicht die kleine Annabell beim Anstellen nach der großen Hofpause grundlos aus der Reihe herausgezogen und gezwungen, sich wieder am Ende der Reihe anstellen zu müssen, so daß die kleine Annabell manches Mal die Letzte gewesen war, die das Schulgebäude betreten hatte und die dann fast zu spät zum Unterricht gekommen war.

Jetzt nicht mehr, nicht mehr mit ihr, jetzt war Annabell groß und stark und gefürchtet, sie hatte es zu ihrem „Ich" gebracht.

Und im Überschwang ihrer Freude mußte sie gleich einen eigentlich einst gemochten Klassenkameraden anmobben.

„Na, du Gutmensch!"

sagte sie zu Alexander, obwohl sie wußte, daß sie log,

denn er war nie ein Gutmensch gewesen.

Jetzt war er Neurologe und Psychiater und kein bißchen besser als früher, aber sie wollte ihn jetzt anmobben.

Und daran dachte nun Annabell.

Bedeuteten die groben Gesichtszüge vielleicht das?

Denn das Bild mit den groben Gesichtszügen erschreckte Annabell besonders.

Da fiel ihr der Halbtraum vom Morgen wieder ein.

„Güte ist Ausleuchtung des Willens mit Licht", Annabell würde sich dafür entscheiden, daß Licht Leben und Liebe hieße, und sie würde die Warnung ernst nehmen.

Annabell wollte weder quengelig noch grob aussehen, sie wollte und würde sich Mühe geben, besser zu werden, und versuchen, in der Liebe mit Willensstärke zu wachsen, dann mußte es möglich sein, einer Prägung mit groben Gesichtszügen zu entgehen.

Und einer Prägung mit groben Gesichtszügen wollte Annabell unbedingt entgehen.

Unbedingt!

Kapitel 12

Es war noch sehr früh am Morgen, und die Dämmerung zog langsam herauf.

Aber Annabell lag ausgestreckt mit dem Rücken auf der Straße, und ein glatzköpfiger, in Schwarz gekleideter Dämon beugte sich über sie und hielt sie an beiden Händen fest niedergedrückt auf dem Asphalt.

Da kam ein älterer Mann die Straße entlang und rief:

„Im Namen Gottes, sofort loslassen!"

Da ließ der Dämon Annabell augenblicklich los, wich zurück und verschwand.

Annabell stand auf, klopfte sich die Sachen ab und bedankte sich bei dem älteren Herrn. Dieser sagte zu ihr:

„Man muß sich immer auf Gott berufen, dann müssen sie loslassen. Gott heißt die Schutzformel!"

„Gilt das nur für die katholische Kirche?"

fragte ihn Annabell.

„Nein, das gilt für alle."

Dann verabschiedete sich der ältere Mann und ging weiter seines Weges.

Auch Annabell schritt ihren Weg weiter, sie mußte sich beeilen, sie war zwar völlig durcheinander von dem Geschehen, aber sie mußte zur Arbeit.

Kam sie zu spät, mußte sie am Nachmittag länger arbeiten, und dann würde sie es abends nicht schaffen, rechtzeitig ihre Pflegekinder abzuholen.

Sie liebte diese Kinder sehr, ein Mädchen von zwölf Jahren und einen Jungen von zehn Jahren.

Der Junge war oft müde, und wenn sie dann mit beiden Kindern in der Stadtbahn abends nach Hause fuhr, dann saß er auf ihrem rechten Knie, lehnte sich an sie und schlief.

Auf dem linken Knie saß dagegen das Mädchen und war trotz der Abendstunde voller Aufmerksamkeit.

Manchmal verkaufte jemand seine Sachen in der

Stadtbahn, und einmal waren es Schmuck-Buchstaben gewesen.

Da hatte ihre Pflegetochter sie darauf aufmerksam gemacht, und Annabell hatten besonders das silberne L und das goldene A gefallen.

L wie Liebe, Leben und Licht!

Und A wie Athene, Aphrodite und Annabell!

Aber gekauft hatte sie nichts.

Sie hatte sich nur sehr wohl gefühlt, die lieben beiden Kinder auf den Knien zu halten und an ihrem Leben teilhaben zu dürfen. Wenn es auch nicht ihre Kinder waren, und diese bald ihre eigenen Wege gehen würden, so freute sich Annabell doch sehr über sie.

Annabell war selbst ein Mensch, der immer weiterziehen mußte.

Nirgendwo hielt sie es lange aus.

Verreiste sie, dann blieb sie an jedem Ort nur drei Tage.

Sie mußte immer weiter, denn Annabell wußte, daß ihr Herz das Herz eines Seemannes war, der immer hinaus in die Weite zog, aufs offene Meer hinaus.

Ein Seemann, der die Weite und die Unendlichkeit des Himmels brauchte.

Die Stadt war zu eng.

Annabell freute sich, wenn sie manchmal abends an einem Platz in der Nähe ihrer Arbeitsstelle vorbeikam, der relativ wenig umbaut war, und von dem aus sie die ganze Weite des Sternenhimmels sehen konnte.

Dann war Annabell für Momente in ihrem Leben glücklich.

Annabell versuchte, an schöne Dinge zu denken. Denn auf dem Weg zur Arbeit im Morgengrauen von einem Dämon auf die Straße geschleudert zu werden, war sogar für Annabell zu viel.

Gegen Dämonen kannte Annabell keine Gegenwehr; und wäre der alte Mann nicht gekommen und hätte sie gerettet, hätte sich Annabell verloren geglaubt.

Als Annabell an der Untergrundbahn angelangt war und

dort die Auslagen eines Backstandes sah, dachte sie daran, daß sie sich jetzt nicht einmal mit einer Zuckerschnecke trösten konnte, weil wieder die Nahrungsmittelallergien es ihr verboten.

Und als sie so sorgenvoll vor sich hinschaute, kam an der Hand seiner Mutter ein kleiner Junge den Bahnsteig entlang.

Er ging an Annabell vorbei, schaute sie an und schenkte ihr sein schönstes Lächeln.

Da erwachte Annabell innerlich, und alles wurde wieder hell und schön.

Annabell schaute dem kleinen Jungen noch nach und dankte ihm im Innern für dieses schöne, erhellende Lächeln.

Der Tag konnte wieder beginnen.

Alles war wieder gut und hell, licht und ganz einfach.

Alles war ganz leicht!

Kapitel 13

Einen kleinen, alten Karton auf den Knien, saß Annabell
vor ihrem Schreibtisch und kramte in den Papieren, die
sich in dem Karton befanden.

Die Aufzeichnungen waren noch aus ihrer Jugend, und
Annabell wollte sie längst aussortieren, hatte aber
diesen Karton, wie viele andere auch, immer von
Wohnung zu Wohnung geschleppt, von Umzug zu
Umzug.

Jetzt wollte sie aber sehen, was sie noch behalten
wollte, und was nicht.

Sie zog einen abgerissenen Zettel heraus.

Annabell erinnerte sich noch genau: Sie war
vierundzwanzig, saß in einem Seminar und hatte ganz
hohes Fieber. Damals verhalfen ihr ein Riß und ein
Spinnweb an der Wand des Seminarraumes zu der
plötzlichen Eingebung, das Folgende aufzuschreiben:

„Manchmal sehen wir Menschen gar nicht,
Daß es gar keine Türen gibt,
Daß es nur Spinnweben sind,
Spinnweben von kleinen Weberknechten,
Die uns den Weg versperren.
Und erst, wenn das Sonnenlicht sich in unseren Tränen
spiegelt,
Die sich festgefangen im Netz,
Wird uns offenbar,
Wie einfach und leicht alles fortgeweht werden kann,
Mit einer Hand, mit unserer Hand,
Die wir bekommen haben,
Um zuzugreifen und festzuhalten."

Schön! Annabell gefiel es immer noch genauso gut.
Das war zu einer Zeit geschrieben, als die Melancholie
noch die Melodie ihres Herzens war.
Lange vorbei!

Und was war das da?

Ach ja, eine Aufzeichnung aus derselben Zeit, als sie in ihr vermeintliches Seelenstück verliebt zu sein schien:

„Und wenn die Blume dem Schmetterling keinen süßen Blütenstaub mehr geben will,
Dann wird er sich die Flügel putzen,
Sich in die Höhe schwingen,
Um mit dem Winde zu ziehen,
Der ihn hält und zu ganz neuen Ufern führt.
Und wenn aus heiterem Himmel plötzlich ein Tropfen auf uns fällt,
Dann ist es eine Träne unseres Schmetterlings,
Der weint,
Weil er weit fort von seiner Blume ist,
Nach der er sich so sehr sehnt.
Aber weil er ein stolzer Zitronenfalter ist
Und im Grunde seines Wesens auch mutlos,
So fliegt er immer weiter fort,
Obwohl ihn sein Herz immer stärker zur Blumenwiese zurückzieht,
Auf der seine Margerite steht,
Die zu einer rotfarbenen Herbstaster geworden ist,
Aus lauter Sehnsucht nach ihm.
Aber beide sind auch der Meinung,
Daß sie ganz schrecklich überhaupt nicht zueinander passen."

Süß, ach Annabell war so verliebt gewesen.
Für ein Dreivierteljahr war er der einzige Angeschwärmte, und das wollte bei Annabell in ihrer Jugend viel heißen, denn Annabells Herz war doch das Herz eines Seemannes, und das hieß:
„Immer unterwegs und auf der Suche!"
und
„In jedem Hafen eine Braut!"
Und deshalb schwärmte Annabell in ihrer Jugend

grundsätzlich stets für drei Jungen gleichzeitig.

Das änderte sich erst nach der Operation mit den Blutkonserven, danach interessierte sich Annabell mehr für Kuchen und Marzipan.

Nun ja:

„Essen ist die Erotik des Alters!"

sagte schon immer Annabells Großvater.

Doch Annabell verharrte nicht in diesem Zustand, sondern schrieb auf ihre Fahnen:

„Lernen ist die richtige Erotik des Alters!"

Das gefiel Annabell momentan besser.

Denn sie war froh, sich aus dem Zustand befreit zu haben, als sie nur noch damit beschäftigt war, ihrem Herzen beim Weinen zuzuhören.

Jetzt wollte Annabell nach vorne schauen.

Da waren noch so viele Bücher zu lesen, noch so viel zu erleben.

Annabell wollte es beginnen, und zwar gleich, sofort, und wollte von nun an mit gewinnbringender Entschlossenheit immer direkt auf das Ziel zugehen.

Jetzt gleich und sofort!

Für immer!

Kapitel 14

Vor einigen Jahren hatte Annabell einmal Urlaub in einem fremden Land gemacht, fern der Heimat, und war dort in einen bürgerkriegsähnlichen Zustand der Gesellschaft geraten.

Sie hatte sich erst noch retten können in jenem Land, geriet dann aber auf ihrer Flucht an die dortige Steilküste des Meeres.

Und gerade, als sie oben stand, vor sich die Steilküste jäh abfallend, in der Weite nur noch das Meer, da näherten sich hinter ihr von zwei Seiten her zwei wilde, verwahrloste Gestalten in brauner Uniform, mit dem Gewehr in der Hand, und grinsten Annabell höhnisch und triumphierend an.

Sie beeilten sich nicht einmal, so sicher glaubten sie sich ihrer Beute.

Annabell schaute einen nach dem anderen kurz an, schaute hinüber auf den lichtüberfluteten Strand, dorthin, wo fern die Häuser des Seebades standen und der Wald begann, schaute noch einmal über das Meer, verabschiedete sich im Innern und sandte einen letzten Gruß an Strand und Meer und sprang.

Daß es nicht ihr letzter Sprung wurde, war nur einem Strauch zu verdanken, der den Sturz auffing und abmilderte.

Ihr Glück war auch die Schrägneigung der Steilküste durch einen früheren Erdrutsch an dieser Stelle, so daß das Gelände nicht ganz so steil verlief. Das konnte von oben niemand sehen, aber Annabell kam es zugute, dadurch rollte sie nur relativ langsam hinab zum Meer.

Und während sie stürzte, veränderte sich ihr Bewußtsein, plötzlich waren da Bilder von einst:

Annabell sah sich selbst in einer mittelalterlichen Burg.

Sie trug ein ganz langes Kleid, war sehr hübsch anzusehen und diente als Leibzofe einer Fürstin.

An den Wänden der Burg staken brennende Fackeln in

Wandhalterungen, und ein Mann knotete gerade ein Seil, um die Fürstin und die frühere Annabell damit hinabzulassen, damit sie fliehen konnten.

Die Burg war auf dieser Seite umspült vom Meer, und die Wasser tosten um die Steine, die nahe an der Burg lagen.

Es war Nacht.

Vorn am Tor der Burg hatte es bereits geklopft, und eine Magd öffnete.

Vor dem Tor stand ein Mann in edler dunkelblauer Kleidung, mit einer charakteristischen Mütze und einer Jacke, die an den Ärmeln in Abständen geschnürt war.

Er begehrte Einlaß und suchte die Fürstin, um sie zu verhaften und zu entmachten. Er wurde nur noch durch die Magd aufgehalten.

Die Fürstin war bereits auf der Seeseite der Burg am Seil herabgelassen worden, und nun wäre die frühere Annabell als ihre Leibzofe ebenfalls an der Reihe gewesen, der Fürstin auf diesem Wege zu folgen.

Da sah sich Annabell wieder selbst, wie sie da stand und vor sich hinschaute und dachte:

„Eigentlich muß ich ja gar nicht fliehen, denn sie suchen ja nicht mich. Sie wollen ja nur die Fürstin. Aber sie war immer wie eine Freundin zu mir gewesen."

Wie Annabell sich entschieden hatte, blieb offen, aber wahrscheinlich ließ die frühere Annabell die Fürstin in der Not nicht allein.

Denn Annabell sah sich plötzlich wieder in einem langen Kleid, wie sie am hellichten Tag an einem Stück Strand mit Mägden entlangkam, und zu diesen, den Schritt verhaltend, sagte:

„Kommt, laßt uns erst Gott danken für unsere Errettung!"

Die frühere Annabell kniete nieder, und die Mägde taten ein Gleiches, und alle dankten Gott für ihre Bewahrung.

Annabell wußte in diesem Moment, daß sie damals eine große Machtposition innehatte. Sie stellte die

Vermittlerin zwischen Fürstin und Gesinde dar, und alles wartete auf ihre Anweisung und folgte ihr.

Dann eilten die frühere Annabell und die Mägde weiter zu einem dort in der Nähe befindlichen kleinen, weißen Gebäude.

Später, als Annabell längst wieder daheim war, geschah das Verwunderlichste.

Als Annabell vor einem Examen stand, erschien ihr im Traum der Mann aus ihrem früheren Leben.

Es war der Mann, der das Seil geknotet und die Fürstin am Seil herabgelassen hatte.

Er saß auf einem Stuhl, hatte die Beine übereinandergelegt, lachte Annabell freundlich an und sagte zu ihr:

„Wenn du die Tabellen lernst, bist du aus dem Schneider."

Annabell lernte die Tabellen, und genau diese wurden in der schriftlichen Prüfung abgefragt, so daß Annabell die beste Klausur von allen zu Prüfenden schrieb.

Seitdem glaubte Annabell ganz fest an ein früheres Leben und an Freunde, die man für die Ewigkeit gewann.

Kapitel 15

„Es war einmal 'ne Schnecke,
Die saß auf einer Hecke
Und blinzelte im Sonnenschein
Und ließ das Leben Leben sein
Und ließ sich's nicht verdrießen.
Mocht' es in Strömen gießen,
Dann kroch sie in ihr Schneckenhaus
Und schloß das schlechte Wetter aus.
Es war einmal 'ne Schnecke."

Annabell mußte an diese Reimerei denken. Tantchen
hatte sie extra für sie gereimt, als Annabell in der 1.
Klasse war.
Denn Annabell bummelte morgens immer gern, und
ohne Tantchens energisches Eingreifen wäre Annabell
sicher immer erst zur 2. oder 3. Stunde erschienen, so
viel Zeit ließ sich Annabell.
Und noch heute ließ sich Annabell gern Zeit, obwohl es
schien, als ob alles in ihrem Leben heutzutage nur noch
ganz exakt nach der Uhr ginge.
„Schnell, schnell!" war ihr öffentliches Lebensmotto
geworden.
Nur im Innern und im Privatleben tickte Annabells Uhr
noch langsam. Und trotzdem machte sie ihre ganze
Umgebung nervös mit ihrer Eile, die ständig präsent
war in ihrem Leben.
Dabei hatte Annabell ein ganz ruhiges Handwerk
erlernt.
Annabell sah sich noch in ihren jungen Jahren an einer
Holzbank sitzen und Schuhsohlen ausmessen. Die
Sonne schien durch ein großes Fenster herein, und
Annabell war zufrieden und glücklich gewesen.
Annabell zufrieden und glücklich!
Das war schon so lange her.
Heute war Annabell meist nur noch der tätigen Unrast

erlegen.

Dabei hatte alles so ruhig angefangen.

In einem kleinen Privatunternehmen hatte Annabell das Schuhmacherhandwerk erlernt.

Sie konnte die feinsten und schönsten Schuhe herstellen, und dazu brauchte man Zeit, die man ihr auch ließ.

In diesem Betrieb achtete man noch auf Qualität.

Annabell erreichte in ihrem Handwerk solch eine Perfektion, daß sie, als die Firma expandierte, zum Ein- und Verkauf bestimmt wurde. Annabell hatte daher selbst mit der Herstellung nicht mehr viel zu tun, stattdessen war ihr Blick für gute Schuhe gefragt.

Sie wußte sofort, welche Schuhe nützten und welche nur hübsch anzuschauen waren.

Annabell war in ihrem Fach eine Meisterin geworden, und so fuhr hauptsächlich nur noch sie zu den Messen und Verkaufsausstellungen.

In allen Bundesstaaten gab es kleine Schuhgeschäfte, die aber alle ein und demselben Unternehmen gehörten, obwohl das die wenigsten wußten. Und in diesen Geschäften gab es die schicksten und extravagantesten Schuhe.

Weltweit eingekauft von kleinen Familienbetrieben aus aller Herren Länder, teils selbst noch im ursprünglichen Betrieb von Annabells Ausbildungsfirma hergestellt.

Und das Geschäft lief gut.

Nur Annabell zog diese Schuhe selten an. Dazu war sie zu schusselig und unaufmerksam.

Annabell trug hauptsächlich Sportschuhe, und die brauchte sie, so oft, wie sie Stufen verfehlte, umknickte oder ausrutschte. Ihren Sportschuhen hatte Annabell schon sehr, sehr oft gedankt.

Und so dachten alle, Annabell wäre ein sportlicher Typ.

Dabei liebte Annabell Pumps.

Über alles liebte sie vorn spitz zulaufende Pumps mit Pfennigabsätzen.

Schon als Kind stand sie oft vor dem geöffneten

Schuhschrank von Tantchen.

Tantchen war als junge Frau sehr schön und sehr schick gewesen, und deshalb gab es auch in ihrer Wohnung einen großen Schuhschrank mit den schönsten Pumps der Welt.

Glatt, durchbrochenes Muster, geflochten, mit Schnallen, mit Schleifchen, mit Fransen ..., die schönsten Schuhe der Welt!

Und Annabell liebte sie!

Eines Tages stand sie in ihrer Kinderzeit wieder einmal vor dem geöffneten Schuhschrank und dachte plötzlich:

„Dann, wenn sie mir passen,

werde ich so alt sein,

 daß ich sie nicht tragen kann,

und wenn ich so alt bin,

daß ich sie tragen kann,

werden sie mir nicht mehr passen."

Und genau das sollte sich bewahrheiten:

Mit fünfzehn hätten die Pumps Annabell gepaßt,

mit neunzehn waren sie Annabell alle zu klein.

Annabell wäre ein ganz anderer Typ Frau geworden, hätten Tantchens Schuhe ihr gepaßt.

So war Annabell der sportliche, kameradschaftliche Typ geworden, jedenfalls schien es nach außen so, der stets und immer alles alleine erledigte, und von dem auch gar niemand annahm, daß er Hilfe brauchen würde.

Der Typ Frau, dem Männer erklären, daß sie sich gern an seine Schulter anlehnen würden, weil er ihnen gefiel.

Annabell hatte heute einen erfolgreichen Vertragsabschluß getätigt und freute sich nun auf ein abendliches Gespräch mit einer Studentin über Geschichte und Philosophie. Sie hatte die viel jüngere Studentin zufällig vor ein paar Wochen kennengelernt, und sie verstanden sich in der Erörterung philosophischer Fragen recht gut.

Heute abend sollte Annabell diese Studentin zum ersten

Mal daheim besuchen.

Annabell machte sich auf den Weg.

Es wurde auch ein recht interessanter Abend; sie tranken Tee, erörterten verschiedene Themen, und viele Fragen fanden neue Antworten.

Nach zwei Stunden wollte Annabell gehen.

Annabell war schon halb im Aufbruch begriffen, da ging die Studentin an ihr vorbei, blieb stehen, trat auf Annabell zu, umarmte sie mit ihrem rechten Arm und legte ihre Wange an Annabells Wange und fragte sie:

„Willst du dasselbe wie ich?"

Annabell wunderte sich etwas über die Umarmung und fragte sich, was denn dasselbe im Willen der Studentin sein könnte, das auch ihrem Willen entsprechen würde.

Da ließ die Studentin Annabell los, ging zur Küche, und bevor die Studentin in jener verschwand, sagte sie vor sich hin und doch an Annabell gewandt:

„Bleib doch diese Nacht hier."

Annabell hatte es plötzlich eilig, sie wollte noch zu Tantchen. Aber das sagte sie der Studentin nicht, denn sie befürchtete plötzlich, diese könnte sonst Tantchen Schlechtes wünschen.

Und etwas überhastet verließ sie fluchtartig die Wohnung.

Eine Woche später, als Annabell sich selbst schalt, alles mißverstanden zu haben, und auch noch an die interessanten Gespräche dachte, beschloß sie, die Studentin aufzusuchen, um diese zu fragen, ob sie noch verärgert wäre über ihren hastigen Aufbruch. Denn das war Annabell nun doch unangenehm, daß sie sich so verhalten hatte.

Annabell wußte, daß die Studentin einen Nebenjob im Hotel am Rande der Stadt hatte.

Dort stand sie mehrmals in der Woche hinter der Kuchentheke des Hotel-Cafés und verkaufte den auch für den Freiverkauf bestimmten Kuchen.

Und da Annabell sowieso ihren kranken ehemaligen

Nachbarn besuchen wollte, beschloß sie, den Kuchen dort für ihn zu kaufen, um gleichzeitig die Studentin zu erreichen.

Als Annabell das Café des Hotels betrat, war es relativ leer in diesem. Nur einige Gäste befanden sich im Raum.

Annabell ging hinüber zur Kuchentheke und sah schon die Studentin mit einer Kollegin dort arbeiten.

Als Annabell sich anstellte, waren nur zwei Kunden vor ihr gewesen, aber es dauerte bei diesen länger, so daß, als Annabell an der Reihe war, sich eine lange Warteschlange hinter Annabell gebildet hatte.

Gleich neben Annabell stand eine Frau mit Kinderwagen, die sich die Auslagen des Kuchenangebotes anschaute, und seitlich hinter Annabell stand eine andere Frau mit ernstem Gesicht.

Als Annabell nun an der Reihe war und gerade die Studentin fragen wollte, ob sie noch verärgert wäre, da sagte diese, bevor Annabell überhaupt zum Sprechen kam, ganz laut vor allen Leuten und vor der Kollegin, mit einer Vertraulichkeit, die eine Übereinstimmung im Thema mit Annabell annehmen ließ, zu Annabell:

„Wir sollten uns erst wiedertreffen, wenn diese Nacht gewollt ist."

Die Kollegin der Studentin schaute Annabell sehr neugierig an, und alle Umstehenden hatten es ebenfalls gehört.

Annabell ging drei Schritte zurück.

Das war zuviel!

Annabell drehte sich wortlos um und ging.

Für immer!

Mit dieser Person wollte sie nie mehr etwas zu tun haben.

Vor allen Leuten!

Und dann den Anschein erwecken, als ob Annabell mit ihr so ein Verhältnis hätte, wie es nach dem Anschein der Aussage erschien!

Vor allen Leuten!

Sie so zu kompromittieren!

Wie Annabell aus dem Café gelangt war und ein anderes Geschäft gefunden hatte, um dort Oblaten für den kranken ehemaligen Nachbarn zu kaufen, hätte sie später nicht mehr sagen können. Erst die freundliche Verkäuferin mit den Oblaten brachte Annabell wieder zu sich.

Als Annabell dann zurück auf die Straße getreten war, ging sie die Fußgängerzone entlang, und da plötzlich verschob sich ihr Bewußtsein.

Sie sah sich selbst als jungen Mann in einem einfachen Anzug die Straße entlanggehen, erstaunlich dünn, mit kurzen, dunklen Haaren. Die Augen schienen sonderbarerweise ganz glubschig.

„Siehst du",

sagte Annabell zu sich,

„das kommt alles davon, weil du immer deine männliche Seite im Innern so betonst."

Und mit dem „alles" meinte sie auch die vergangene Situation mit der Studentin.

Bei ihrem ehemaligen Nachbarn blieb Annabell nicht lange. Sie wollte nur ganz schnell nach Hause.

Es verlangte sie nach Ruhe nach diesem Tag.

Aber fortan schaute Annabell junge, ganz dünne Frauen mit fipsigen, kurzen, braunen Haaren immer zuerst skeptisch an, und sie hätte sich mit keiner Frau, die der Studentin geähnelt hätte, mehr anfreunden wollen.

Kapitel 16

Annabell hatte das Grundstück betreten und ging an der großen Kastanie vorbei. Als sie das Haus erreichte, stieg sie die Stufen der Freitreppe hinauf bis zur Wohnungstür ihrer Bekannten und klingelte.

Niemand öffnete oder ließ sich hören.

Annabell klingelte noch zweimal, dann ließ sie es sein.

Sie kramte in ihrer Handtasche, um einen Stift und einen Zettel zu finden, damit sie der Bekannten eine Nachricht hinterlassen könnte.

In dem Moment öffnete sich unten die Tür, die zur Kellerwohnung führte.

Ein Mann schaute heraus und bat Annabell mit freundlicher Geste in seine Wohnung. Dort könnte sie Stift und Papier finden, um der Bekannten eine Nachricht zu hinterlassen.

Annabell kannte den Mann flüchtig von den Besuchen bei ihrer Bekannten in den vorangegangenen Jahren am Meer, und so nahm sie das Angebot an, ehe sie weiterhin in ihrer Handtasche vergeblich nach einem geeigneten Zettel suchen würde.

Annabell schritt die Treppe hinab und betrat die Kellerwohnung.

Der Mann brachte ihr auch sofort einen Schreibblock und einen Stift, damit Annabell an einem kleinen Tisch ihre Nachricht niederschreiben könnte.

Annabell setzte sich auf das Sofa, nachdem sie gefragt hatte, ob sie das dürfte.

Und während sie schrieb, kam ein kleines, süßes, weißes Hündchen angelaufen, sprang auf das Sofa und setzte sich neben Annabell.

Annabell kannte das Hündchen ebenfalls schon aus den anderen Jahren ihres Urlaubes am Meer, und alle hatten sich stets gewundert, daß Ellen, so hieß das Hündchen, immer sofort so zutraulich zu Annabell war, obwohl es sonst ein sehr zurückhaltendes Tier war.

Und auch heute wieder war es gleich neben Annabell geblieben, hatte sich eingerollt und schien zu schlafen, nachdem Annabell es sehr gestreichelt hatte.

Annabell war fertig mit ihrer Nachricht und wollte gehen.

Der Mann lud sie zwar noch zu einem Tee ein, aber Annabell war nur des Hündchens Ellen wegen etwas länger geblieben, jetzt aber wollte sie fort.

Zwar hatte ihre Bekannte immer sehr freundlich von den Mietern der Kellerwohnung gesprochen, aber Annabell kannte sie nicht und wollte sie auch nicht näher kennenlernen.

Die sehr große Kellerwohnung wurde von mehreren Männern in einer Art Wohngemeinschaft bewohnt, und für diese Männer hatte Annabell grundsätzlich überhaupt nichts übrig.

Sie waren ihr unheimlich in ihrer immer schwarzen Kleidung, mit den geschorenen Köpfen und mit Gesichtern, die keine Freude in ihrem Betrachter hervorriefen.

Diese Männer erinnerten Annabell immer an Dämonen.

Heute waren nur zwei von ihnen in der Wohnung, sie waren freundlich, und plötzlich fragte der eine Annabell, ob sie das Hündchen Ellen haben wollte. Sie würden sich verändern und müßten Ellen sowieso weggeben.

Annabell tat das Hündchen leid, und sie erklärte sich bereit, das Hündchen zu behalten.

Das Hündchen Ellen gefiel ihr ja so gut!

Annabell nahm das Hündchen auf den Arm und ging.

Auf der Straße setzte sie Ellen auf den Boden und löste ihr Fahrrad von der Kette.

So schlenderten Ellen und Annabell mit dem Fahrrad den Weg zurück zum Strand. Auf dem Weg zum Strand wurde Ellen plötzlich müde und wollte nicht mehr laufen.

Annabell wunderte sich und beschloß, das Hündchen zu

tragen.

Wahrscheinlich mußte es zum Tierarzt, und Annabell würde die Vermieterin ihrer Ferienwohnung fragen, wo ein Tierarzt zu finden wäre.

Annabells linker Arm wurde schon ganz steif von der Schwere Ellens.

Sie setzte das Hündchen auf ihren Sattel, so daß Ellen sich daran festhalten konnte und gleichzeitig von Annabell gehalten wurde.

Ellen ließ alles willenlos mit sich geschehen.

Annabell schob ihr Fahrrad weiter, lief eine Häuserzeile entlang und wurde plötzlich durch ein aus einer Toreinfahrt herauspreschendes Auto gestoppt.

Annabell mußte so plötzlich das Fahrrad zum Stehen bringen, daß Ellen hinten vom Sattel rutschte und herunterfiel, ohne daß Annabell es bemerkte.

Annabell war noch so schreckerfüllt und starrte für einen Moment nur dem fortfahrenden Auto nach, bis ihr Ellen einfiel.

Was war mit Ellen geschehen?

Wo war Ellen?

Ellen war weg!

Annabell machte sich die bittersten Vorwürfe.

Sie suchte, sie rief, nichts.

An einem Haus vorbei verlief ein schmaler Pfad direkt zum Strand.

Annabell schob ihr Fahrrad den Pfad entlang und stand unvermittelt oben an der Düne des Strandes.

Über dem Meer hing tief eine weiße, dicke Wolkendecke.

Aber es schien niemandem etwas auszumachen.

Die am Strand Spazierenden unterhielten sich, spielten mit ihren Kindern und waren offensichtlich alle zufrieden, so, mit der Wolkendecke.

Es reichte ihnen, daß es hell und warm war.

Annabell hatte ihr Fahrrad hingelegt und stand nun am obersten Platz der Düne und schaute nach dem

Hündchen Ellen.

Sich auf die Zehenspitzen stellend, schaute sie den ganzen Strand entlang, und plötzlich geriet Annabell zu dicht an die Wolkendecke und bekam keine Luft mehr.

Mit der linken Hand in die Wolkendecke greifend, riß Annabell ein Stück Wolke aus der Decke, und es kam ein kleines Stück Himmelsbläue zum Vorschein, und Annabell bekam wieder Luft.

Da riß sie mit der rechten Hand noch ein größeres Stück Wolke aus der Wolkendecke, so daß der himmelblaue Teil noch größer wurde.

Keiner hatte die Wolkendecke aufgerissen, alle hatten sich mit den Wolken zufriedengegeben, nur Annabell nicht.

Annabell schaute noch einmal nach allen Seiten, ob das Hündchen Ellen zu sehen sei, und siehe da, dort hinten, am Waldessaum, da lief Ellen.

Annabell rief und lief ganz schnell zu Ellen.

Ihr Fahrrad vergaß sie ganz; erst später dachte sie wieder daran und fand es abends auch wirklich noch unversehrt an der Düne liegen.

Da hatte sie aber schon mit Ellen die Polizeistation aufgesucht gehabt und sich dort einen Tierarzt sagen lassen, zu dem sie sofort gegangen war.

Jetzt schlief Ellen, gut versorgt, in einem Körbchen in der von Annabell gemieteten Ferienwohnung, und Ellen würde, wäre Annabell erst wieder daheim, bei Tantchen ein Zuhause finden.

Das stand schon fest, und es sollte dem Hündchen Ellen dort auch sehr, sehr gut ergehen.

Kapitel 17

Annabell setzte ihre Sporttasche ab, ging zu ihrem Bett, setzte sich, stützte die Arme auf und legte ihr Gesicht in beide Hände.

So saß sie da und schaute zu Boden.

Sie kam gerade aus dem Fitnesscenter, in das sie heute früh so hoffnungsvoll gegangen war.

Die Leiterin des Centers war auch sehr freundlich zu ihr gewesen, sie hatte ihr alle Räume gezeigt, die Geräte erklärt, und Annabell war so froh gewesen, ein freundliches Fitnesscenter gefunden zu haben, das hell und sauber war und sicher gewartete Geräte aufwies.

Zudem konnte man die Fenster direkt öffnen, etwas, was Annabell sehr schätzte, denn Klimaanlagen mochte sie gar nicht.

Und gerade, als sie beginnen wollte, ein paar Übungen an einem Gerät auszuprobieren, kam eine Gruppe von fünf Frauen, die sich untereinander kannten.

Annabell räumte freiwillig das Feld und ging zu den Geräten in der II. Etage.

Kurze Zeit später kamen die Frauen nach.

Annabell dachte, daß nun die Geräte im unteren Raum wieder frei seien.

Da sie aber neu im Fitnesscenter war, wollte sie lieber keinem zu nahe treten und fragte eine von den Frauen danach, ob der untere Raum jetzt frei sei, oder ob die Frauen nur vorübergehend hier nach oben gegangen wären. Im ersteren Fall könnte sie, Annabell, an das untere Zuggerät.

Eine Blonde mit Zopf sagte nur kurz zu Annabell:
„Untersteh dich, das Gerät zu benutzen!"

Und eine andere Frau, sehnig, dürr, mit struppigen Haaren undefinierbarer Farbe, kam zu Annabell herüber, packte sie plötzlich und verdrehte ihr den Arm derart, daß Annabell sich nicht mehr bewegen konnte. Der Angriff war so überraschend und schnell gewesen, daß

Annabell gar keine Gegenwehr im ersten Moment geleistet hatte.

Nun versuchte Annabell, sich loszumachen, aber ihr Versuch wurde nur durch noch härteres Zupacken von der Frau beantwortet.

Annabell tat die ganze Muskulatur des Rückens schon weh, aber sie sagte ganz sanft zu der struppigen Frau:

„Bitte, lassen Sie mich los."

Den Ton kannte Annabell noch aus der Schulzeit, da hatte er immer geholfen.

Hier half er nicht.

Die anderen vier Frauen standen herum und grinsten nur.

Die Sehnig-Struppige verschärfte noch einmal ihren Griff, und alles zog an Annabells Wirbelsäule, und trotzdem blieb Annabell sanft in ihrer Bitte:

„Bitte, lassen Sie mich los."

Die Blonde mit dem Zopf feixte.

Annabell war klar, daß Neuankömmlinge in diesem Fitnesscenter unerwünscht waren.

In diesem Moment betrat die Leiterin des Fitnesscenters den Raum.

Augenblicklich ließ die Struppige Annabell los, drehte sich um, ging zu einem Gerät, und auch alle anderen Frauen taten, als sei nichts gewesen, unterhielten sich und begannen mit ihren Übungen.

Annabell sagte nichts, nahm nur wortlos ihr Handtuch und ging zu den Umkleidekabinen.

Es war sinnlos; und hätte sie der Leiterin des Fitnesscenters irgendetwas darüber gesagt, hätte Annabell letztendlich nur die Frauen-Clique in ihr Leben gezogen.

Also sagte Annabell nichts, ging, und das Fitnesscenter war für sie erledigt.

Nie wieder!

Annabell starrte vor sich hin, all die Gedanken im Sinn.

Sie schreckte plötzlich hoch und dachte daran, daß sie

noch zur Arbeit mußte. Sie hatte gar keine Zeit, sich niederdrückenden Gedanken hinzugeben.

Und Annabell mußte sich beeilen.

Als Annabell an ihrem Arbeitsplatz angelangt war, sah sie, daß sie gleich noch einmal in das Nebengebäude zu gehen hatte, um einige wichtige Unterlagen abzuholen.

Es nieselte, und Annabell mußte über eine Baustelle, um ins Nebengebäude zu gelangen.

Annabell verschränkte vor Kälte die Arme und schritt vorsichtig über die glitschigen Holzbretter, die als Weg über den Baustellenschlamm gelegt worden waren.

Zwei Kollegen kamen ihr entgegen, von denen sie einen gut kannte. Er hatte afrikanische Vorfahren und war immer nett zu ihr gewesen.

Aber heute reagierte er nicht auf ihren Blickkontakt und ging grußlos vorbei.

Annabell drehte sich leicht um und rief ihm freundlich nach:

„Du grüßt heute wohl gar nicht?!"

Da wandte er sich Annabell zu, lachte und sagte:

„Da schau ich erst gar nicht hin."

Und er meinte es derart, weil Annabell wieder so schick in ihrem Kleid und in ihrer Häkelstrickjacke aussah, und sie doch nie privat Zeit für ihn hatte.

Denn alle wußten, daß Annabell seit ihrer verpfuschten Ehe Feministin war, oder das, was Annabell unter „Feministin" verstand.

Und sie schien dadurch für alle Männer unerreichbar geworden.

Als Annabell die Treppe zum Nebengebäude hochstieg, standen dort zwei Auszubildende.

Den einen kannte sie persönlich, ein süßer Junge mit dunklen, längeren Locken, der seit dem ersten Tag seines Eintritts in die Firma für Annabell schwärmte.

Annabell wollte ihm ihr schönstes Lächeln schenken, aber es mißglückte völlig, da sie wieder mit der

Oberlippe an ihrer vorderen Zahnkrone hängenblieb und befürchten mußte, daß dieses schiefe Lächeln sie dumm aussehen ließ.

Diese Zahnkrone hatte sie schon so viel Ärger gekostet, aber jeder Zahnarzt sagte, daß die nächste Krone nicht besser werden würde, und Annabell hatte auch noch keinen besseren Zahnarzt gefunden.

Der süße Junge ließ sich nichts anmerken, er strahlte Annabell wie immer an, grüßte und sprach ein paar belanglose Worte mit ihr.

Er war wirklich süß!

Und Annabell bekam sehr, sehr gute Laune, obwohl der süße Junge halb so alt wie sie selbst war.

Oder gerade deshalb!

Als Annabell im Gebäudegang angelangt war, wurde sie von einem Mann aufgehalten, der einen Konzertzitherkasten trug.

Der Mann suchte das Krankenhaus für Musiker.

Von einem Krankenhaus für Musiker hatte Annabell noch nie etwas gehört. Dort sollte es Musikern erlaubt sein, während ihres Krankenhausaufenthaltes weiterhin auf ihrem Instrument üben zu können.

Annabell konnte ihn nur an das nächstgelegene Krankenhaus verweisen.

Der Mann bedankte sich und ging.

Annabell schaute ihm noch einen Moment nach, besann sich dann aber auf ihre Pflicht und ging ihres Weges, um die nötigen Firmenunterlagen abzuholen.

Auf ein Neues!

Kapitel 18

Annabell stand in der Bibliothek und wartete darauf, daß der neben ihr stehende Bibliothekar ihr das Buch über die Göttin Juno aus einem verschlossenen Teil eines Bücherregals herausgab.

Es war ein ganz altes, dickes Buch, und man durfte es nur noch im Lesesaal lesen.

Der Bibliothekar griff in das Regal und langte nach dem Buch.

In dem Moment, da er es in der Hand hielt, zerbrach es von selbst in drei Teile, so, wie ein Baumkuchen in drei Teile zu brechen geht.

Da lag es gebrochen auf dem Tisch!

Und Annabell war sehr froh, daß es nicht ihr passiert war, sondern dem Bibliothekar.

Aber nun konnte Annabell es nicht mehr lesen, da es das letzte und einzige Exemplar über die Göttin Juno war, das es auf der Welt noch gab.

In diesem Buch hätte alles über die Göttin Juno gestanden, aber nun war es zerbrochen. Nun würde verborgen bleiben, was in ihm stand, denn die Wiederherstellung des Buches würde Jahre dauern, und ob es dann noch einmal den Weg in die Öffentlichkeit finden würde, war fraglich.

Annabell ging an ihren Platz zurück.

Sie setzte sich an den Tisch und lernte einfach das weiter, was sie vorher schon begonnen hatte, ehe sie nach dem Buch über die Göttin Juno gefragt hatte.

Nach einiger Zeit schaute Annabell unvermittelt hoch.

Vor ihrem Platz stand ein junger Mann, den sie kannte, weil er sie schon des öfteren in der Bibliothek belästigt hatte. Er sprach sie immer an, obwohl Annabell zu ihm keinen Kontakt wünschte.

Er stand diesmal auch wieder vor ihr und grinste sie an.

Er wollte es erzwingen, daß sie einmal mit ihm Kaffee trinken gehen würde.

Aber für Annabell waren diese Einladungen nicht Ausdruck von Sympathie, sondern Annabell sah darin ein androzentrisches Streben nach Macht, das er mit seinem Willen ihr gegenüber durchsetzen wollte.

Aber nicht mit Annabell!

Annabell schaute zur Tür des Bibliotheksraumes, doch es war keine Bibliotheksaufsicht im Raum.

Da schlug Annabell wortlos ihre Bücher und Hefte zusammen, stand auf, und ihre Sachen im Arm als Schutzschild verließ sie wortlos den Lesesaal.

Und sie hatte Glück.

Gerade als der aufdringliche junge Mann ihr folgen wollte, wurde er auf dem Bibliotheksgang von einem anderen jungen Mann angesprochen und aufgehalten, so daß er nicht mehr weiter auf Annabell achtete.

Annabell nutzte diese Gelegenheit, um ihre Sachen zu holen und die Bibliothek zu verlassen.

Es war sowieso schon spät, und sie mußte nach Hause.

Tantchen hatte zwar gesagt, Annabell sollte doch bei ihr übernachten, aber Annabell hatte daheim so viel zu tun, so daß sie in ihrer eigenen Wohnung übernachten wollte. Zwar wohnte Tantchen im Gebäudekomplex, in dem auch die Bibliothek sich befand, und es wäre viel einfacher für Annabell gewesen, gleich dort zu bleiben, aber Annabell wollte nicht.

Als Annabell auf die Straße trat, wehte bereits ein heftiger Wind. Es war abends halb zehn, und nur noch wenige Menschen waren auf der Straße zu sehen.

Doch es war Sommer, es war noch hell, wovor sollte man sich fürchten?

Annabells Weg führte über einen großen Platz, der tagsüber als Marktplatz genutzt wurde, abends aber ganz einsam und leer war.

Als Annabell ihn erreicht hatte, sah sie über den weiter entfernt stehenden Häusern den Himmel ganz dunkel und schwarz von Wolken, die ein drohendes Unwetter ankündigten.

Und als Annabell die dunkle Wolkenwand sah, mußte sie wieder an ein Erlebnis mit Tantchen denken, als sie beide einst im Urlaub von einem Unwetter überrascht worden waren:

Sie rannten damals einen bewaldeten Berg zu einer kleinen alten Burg empor, weil sie hofften, dort Schutz zu finden.

Aber als sie oben waren, mußten sie feststellen, daß die Burg verschlossen war und auch sonst keine Möglichkeit bot, als Unterschlupf gegen ein Unwetter zu dienen.

Ganz im Gegenteil, jetzt standen Tantchen und Annabell erhöht auf einem Berg, und jeder Blitz konnte sie treffen!

Mit dem Rest ihrer Kräfte rannten sie wieder hinab und hinein in den schützenden Wald.

Das war ein Erlebnis gewesen!

Annabell dachte nur noch mit Schaudern daran.

Und als Annabell jetzt gebannt auf das neue heraufziehende Unwetter starrte, ihren Schritt verlangsamte und überlegte, ob sie nicht doch lieber auf Tantchen hören sollte und umkehren, achtete Annabell für Momente nicht auf ihre direkte Umgebung.

Plötzlich war ein älterer, dürrer Mann mit weißen, zotteligen Haaren neben ihr und umgriff mit seinen dürren, langen Spinnenfingern Annabells Hals.

Ein Verrückter!

Irgendwoher war er aufgetaucht.

Annabell wehrte sich, und da der Mann schon alt war, gelang es ihr wirklich, ihn abzuwehren.

Sie stieß ihn weg, und er lief fort.

Annabell eilte sofort zum Gebäudekomplex der Bibliothek zurück.

Sie wollte nur noch zu Tantchen.

Als Annabell an der Bibliothek ankam, fiel ihr der aufdringliche junge Mann ein.

Ganz vorsichtig schauend, daß sie ihm ja nicht

begegnete, öffnete sie den Eingang und lief sofort zur Haupttreppe, von der auf jeder Etage zur einen Seite die Gänge der sich über mehrere Etagen hinziehenden Bibliothek abgingen und zur anderen Seite die Wohnbereiche.

Den Treppenflur teilten sich Bibliotheksbereich und Wohnbereich gemeinsam.

Da Annabell wußte, daß der aufdringliche junge Mann immer die Treppe benutzte, ging sie eiligen Schrittes zu dem daneben sich befindenden Fahrstuhl. Sie hoffte nur, daß der aufdringliche junge Mann nicht merkte, daß sie zurückgekehrt war.

Annabell drückte die Zahl „4" im Fahrstuhl und fuhr in die 4. Etage.

Annabell wollte dann in die 2. Etage hinunterlaufen, um zu Tantchens Wohnung zu gelangen, denn von oben konnte man gut die Treppe einsehen, ob jemand sich auf ihr befand oder nicht, was man von unten nicht sehen konnte.

Aber als Annabell in der 4. Etage anlangte, sah sie durch die gläserne Fahrstuhltür so viele Bibliotheksbenutzer, daß sie vor Schreck, es könnte auch der besagte junge Mann sich darunter befinden, auf den Knopf der 2. Etage drückte.

Der Fahrstuhl fuhr in die 2. Etage und hielt.

Annabell stürmte nach draußen, lief über den langen Flur und stand schon im nächsten Moment vor Tantchens Wohnung. Tantchen mußte es geahnt haben, daß Annabell kommt, denn sie öffnete sofort die Tür.

Als Annabell nun wohlbehalten bei ihrem Tantchen angekommen war, wurde sie sehr müde.

Sicher und wohlbehütet fühlte sich Annabell in Gegenwart von Tantchen.

Und als draußen der Sturm lostobte, war Annabell schon eingeschlafen und hatte vor Müdigkeit gar keine Zeit mehr gehabt, sich noch darüber zu wundern, was ihr an diesem Tag alles passiert war.

Kapitel 19

Annabell saß an ihrem Arbeitsschreibtisch und schaute auf das Stück Himmel, das sie von ihrem Platz aus sehen konnte.

Sie erfreute sich des Lichtes und dankte in ihrem Herzen, daß sie wohlbehalten von ihrer Dienstreise zurückgekehrt war.

Seitdem Annabell zweimal Mißgeschick vor und auf ihren Dienstreisen erlebt hatte, fuhr sie nicht mehr so gern fort.

Und das kam so:

Als Annabell einst vor einer Flugreise mit Arbeitskollegen stand, wurden ihr in einem Traum vorher ein Paar schicke, rote Lackschuhe gezeigt und dazu gesagt:

„Wenn du die Schuhe trägst, stürzt du ab."

Annabell hatte sich gewundert und gefürchtet. Sie dachte und überlegte, was dieser Traum wohl zu bedeuten habe.

Sie erwog schon, die Reise für sich ganz abzusagen, weil sie befürchtete, mit dem Flugzeug abzustürzen.

Ob es ein Hinweis auf die Schuhkonkurrenz der Branche war?

Sie kam zu keinem Schluß.

Bis Annabell zufällig an einem Schuhgeschäft der Konkurrenz vorbeikam.

Da standen sie.

Genau die Lackschuhe aus Annabells Traum standen im Schaufenster.

Knallrot, vorne breit und hinten mit flachem Absatz!

Annabell fand diese Schuhe umwerfend.

Und wäre ihr Traum nicht gewesen, hätte Annabell allen Erfahrungen zum Trotz sich diese Schuhe gekauft.

Annabell kaufte diese Schuhe nicht.

Eine Woche später flog Annabell auf Anforderung ihrer Firma zu ihrem bestimmten Ziel.

Und sie stürzte nicht ab, weder mit dem Flugzeug noch in ihrer Position in dem sie beschäftigenden Unternehmen.

Denn Annabell trug keine Schuhe der Konkurrenz!

Und trotzdem blieb in ihr ein mulmiges Gefühl zurück.

Die andere Dienstreise, die Annabell erlebt hatte, war weitaus schlimmer gewesen.

Annabell hatte den Dienstwagen der Firma benutzt und war prompt auf der Fernstraße mit dem Auto liegengeblieben.

Sie hatte keine Ahnung von der Reparatur von Autos und hoffte inständig, es käme jemand vorbei, um das Auto abzuschleppen.

Um den Weg zu laufen, war es auch zu weit, dort in der Nähe gab es keine menschliche Behausung.

Da hieß es nur: Warten!

Annabell wartete, und es dauerte auch nicht lange, da sah sie von ferne schon einen roten Lastwagen herankommen.

Annabell hupte und winkte.

Der LKW fuhr vorbei, stoppte und fuhr rückwärts.

Annabell war aus ihrem Auto ausgestiegen, um besser mit dem Fahrer verhandeln zu können.

Doch was tat dieser?

Er hatte es mit seinem LKW auf Annabell abgesehen.

Auf ihr kleines, bescheidenes Leben!

Der LKW fuhr direkt auf Annabell zu.

Er hetzte Annabell hin und her, und einmal war Annabell zu schwach und zu langsam.

Sie spürte nur noch den Aufprall, hörte einen Knall und sah ein großes, schönes, strahlendes, weißes Licht und dann nichts mehr.

Daß Annabell noch einmal ins Leben zurückgekehrt war, hatte sie einem Autofahrer zu verdanken, der die Fernstraße entlangfuhr, alles gesehen hatte und so Annabell Erste Hilfe leisten konnte, und der die bewußtlose Annabell ins Krankenhaus gebracht hatte.

Der Lastwagenfahrer entkam.

Aber Annabell wußte, daß der Lastwagenfahrer nur der irdischen Gerechtigkeit entkommen würde.

Der himmlischen Gerechtigkeit entkam er nicht am Ende seines Lebens, dann, wenn er auf sein Leben zurückschauen mußte und an sich selbst erleben würde, was er Annabell angetan hatte.

Daran dachte Annabell, und sie dachte auch an das schöne weiße Licht.

Es war wieder das liebe Wesen gewesen, das sie noch von ihrem früheren Kreislaufversagen her kannte.

Und sie dachte daran, was es ihr vor einiger Zeit gesagt hatte, als es wieder einmal kurz in ihrer Nähe war. Denn Annabell spürte manchmal seine Gegenwart und seine Liebe neben sich, und dann wußte Annabell, was es ihr sagen wollte.

„Du hast nichts gelernt aus dem von 1994, du siehst sie immer noch alle als Autoritäten."

Und es meinte einerseits Annabells Beziehung zu ihren Mitmenschen und andererseits die Zeit ihrer damaligen Operation mit dem folgenden Kreislaufversagen, als ihr das liebe Lichtwesen zum ersten Mal in persona begegnet war.

Darüber mußte Annabell jetzt nachdenken.

Oder meinte das liebe Wesen damit, seit sie „es", das liebe Wesen, kannte?

Hätte Annabell sich an dem Licht orientieren sollen und nicht mehr an Menschen?!

Das Lichtwesen als Maßstab eines, ihres Lebens!

Annabells Leben!

Aber wie?

Die Begegnung war 1994 nur kurz gewesen, und Annabell hatte ihre Sozialphobie dadurch nicht verloren.

Das zeigte sich gerade wieder daran, daß ein ehemaliger Schulfreund Annabell platonisch heiraten wollte, um Steuern zu sparen. Aber Annabell lehnte grundsätzlich diesen Vorschlag ab, obwohl sie den früheren Schulfreund mochte und auch gern Steuern gespart hätte.

Doch Annabell hatte Furcht vor anderen Menschen.

Bitte keine Nähe!

Nur Tantchen durfte noch näher in ihr Leben schauen.

Einmal hatte das liebe Wesen vor Jahren neben ihr gestanden und zu Annabell gesagt:

„Du wolltest immer nur Liebe und Weisheit in dir haben."

Aber wo waren Annabells Liebe und Weisheit geblieben?

Annabell fand keine Antwort.

Sie wußte nur, daß sie versäumte, was wichtig war.

Und das Wichtigste war die Liebe!

Aber die Angst war stärker in Annabells Leben als die Liebe.

Das Klingeln des Telephons schreckte Annabell aus ihren Gedanken. Eine Kollegin fragte nach einigen Unterlagen.

Annabell stand auf und griff die Unterlagen, um sie der Kollegin zu bringen. Dann konnte Annabell wenigstens etwas im Gebäude herumlaufen.

Aber bevor sie ihren Schreibtisch verließ, sandte sie noch einmal dem Himmel ein Lächeln und versprach den Sonnenstrahlen, fürderhin zu versuchen, der Liebe zu folgen und das liebe Lichtwesen als Autorität und Maßstab in ihrem Leben festzusetzen.

Und wenn andere Menschen dummes Zeug redeten, dann wollte Annabell ihnen keine persönliche Bedeutung mehr beimessen.

Vielleicht würde dann auch allmählich die Furcht vor den Mitmenschen schwinden.

Denn Annabell wollte nicht ihrer ewigen Seligkeit verlustig gehen, nur des dummen Geredes anderer Leute wegen, über das Annabell sich ärgerte, und das in ihr dunkle Gedanken gegen diese Menschen hervorrief.

Diesen Preis hatten die anderen nicht verdient.
Und mit diesen Gedanken ging Annabell aus dem Zimmer.

Kapitel 20

Annabell wachte davon auf, daß der Reisebus über eine holprige Landstraße fuhr. Sie griff zum Busfenster und öffnete es.

Darauf wartend, daß einer von den Reisenden sich über den zugigen Fahrtwind beschweren würde, schaute sie aus dem Fenster.

Aber es beschwerte sich niemand.

Die meisten Mitreisenden waren einfach nur müde.

Jedoch Annabell war völlig wach.

Annabell griff in das Netz, das sich an der Rückwand des vor ihr befindlichen Reisesessels befand, und zog eine Tageszeitung vom Vortag heraus.

Annabell blätterte sie durch.

Aber als sie schon die Überschrift eines Artikels las, der den Erfahrungsbericht von zwei Drogenlesben ankündigte, die als Prostituierte arbeiteten, zusammen mit dem entsprechenden Photo von zwei dürftig bekleideten Frauen, da legte Annabell die Zeitung wieder zusammen und steckte sie gefaltet zurück in das Netz.

Dann wollte sie doch lieber aus dem Fenster schauen.

Draußen war es zwar noch etwas düster, aber der heraufziehende Morgen machte sich schon bemerkbar durch das beginnende Licht des Himmels und durch die vielen Vogelstimmen, deren Gesang durch das geöffnete Busfenster hereindrang.

Als der Bus wieder über glatte Straßen fuhr, waren der Gesang der Vögel und das Gezwitscher sehr gut zu hören.

Es war ein wundervoller Morgenchor der Vogelwelt!

Die Vögel mit ihrem morgendlichen Gesang beteten an.

Sie beteten an!

Gott, das Leben und das Licht, die langsam aufgehende Sonne!

Als der Bus an einem freien Feld vorbeifuhr, sah

Annabell einen wunderschönen Pfau. Er hatte die schönsten hellblauen Federn, die Annabell je gesehen hatte, und überhaupt war dieses Tier wunderschön.

Der Bus fuhr weiter und passierte ein kleines Dorf, dort fuhr er langsamer als auf freier Landstraße.

Als Annabell die kleine Kirche des Dorfes sah und davor das große Kreuz im Kirchengarten, wäre sie am liebsten zum Busfahrer gerannt und hätte darum gebeten, ob er nicht einen Moment Rast machen könnte, damit sie sich die Kirche von außen anschauen dürfte.

Aber Annabell wagte es nicht.

Nur beim Vorüberfahren sah sie genau hin.

Und da verwandelte sich plötzlich das Holzkreuz in einen Rosenstock.

Links, rechts und oben sah man plötzlich statt des Holzes je eine ganz überdimensional große, völlig aufgeblühte, wunderschön rosafarben leuchtende Gartenrose, so daß vom Holz nichts mehr zu sehen war.

Drei wunderschöne Rosen, die so dicht standen wie die Blätter eines Kleeblattes.

Und der Stamm des Kreuzes war plötzlich saftig grün, dick und ganz glatt, wie ein großer Tulpenstengel, ganz ohne Dornen!

Oh, wie schön!

Ein lebendiges Blumenkreuz!

Ganz fasziniert drehte sich Annabell noch so lange nach dem lebendigen Rosenkreuz um, so weit sie es noch sehen konnte.

Dann war alles wieder vorüber.

Als der Bus vor der Kakaoplantage hielt, und ein Teil der Reisenden ausstieg, unter ihnen auch Annabell, stand die Sonne schon hoch am Himmel.

Annabell gefiel die Kakaoplantage, alles grün, so weit man sehen konnte.

Annabell ließ die anderen Reisenden vorgehen, so daß sie ein Stück mit der Sonne allein gehen konnte.

Da warf Annabell der Sonne eine Kußhand zu, nahm

einen Sonnenstrahl an die Hand, schwenkte ihn voll Freude zum Gruß hin und her und ließ ihn dann ganz vorsichtig wieder los.

So sehr freute sich Annabell über die Wiederbegegnung mit der Sonne.

Bevor Annabell die Verwaltungsgebäude der Kakaoplantage betrat, um den Seminarraum für den heutigen Wirtschaftslehrgang aufzusuchen, fielen ihr zwei junge Männer auf, die auf einer Bank saßen, herumalberten und irgendetwas aßen. Sie ließen es sich gut gehen.

Der eine junge Mann war afrikanischer Herkunft, und der andere junge Mann war Mexikaner.

Annabell schaute zu ihnen hinüber und fragte sich innerlich, wie man in dem Alter noch so albern sein konnte.

Aber dann sagte sie sich selbst wieder ihren Vernunft-Konkretisierungssatz:

„Kann ich später drüber nachdenken.",

womit sie sich und ihre Gedanken immer disziplinierte, und ging ins Haus.

Als nach zwei Wirtschaftsvorträgen Annabell die Pause nutzte und wieder ins Freie trat, um frische Luft zu atmen und um ein paar Schritte zu gehen, gewahrte sie, daß die beiden jungen Männer immer noch auf ihrer Bank saßen und lachten und scherzten.

Annabell wunderte sich, wie man so nutzlos die vielen Stunden vertrödeln konnte, sagte sich dann aber, daß die beiden vielleicht auch gerade wieder zur selben Zeit Pause hätten, und ging vorbei.

Annabell lief um den ganzen Gebäudekomplex herum, um sich den Wirtschafts- und Verarbeitungstrakt der Kakaoplantage von außen anzusehen.

Nachdem sie alles besichtigt hatte, kam sie den Weg wieder zurück.

Da saßen die beiden jungen Männer immer noch und aßen Borkenschokolade.

Annabell schaute zwar zu ihnen hinüber, aber sie waren ihr letztendlich gleichgültig, denn die beiden schienen harmlos zu sein, und damit war es Annabell egal, was sie taten.

Hauptsache, Annabell hatte nichts zu befürchten, sonst ging es Annabell nichts an. Und so vorbeischlendernd ging Annabell zum Verwaltungsgebäude der Kakaoplantage zurück.

In dem Moment waren drei Männer neben den beiden jungen Männern, packten diese und durchsuchten ihre Kleidung und ihre Taschen.

Aus der einen Tragetasche des Mexikaners holten sie einen großen Karton mit Borkenschokolade, den dieser aus dem Verarbeitungstrakt der Kakaoplantage entwendet hatte, anstatt dort zu arbeiten, wie sein Arbeitsvertrag es vorsah.

Eigentlich waren die beiden jungen Männer auf der Kakaoplantage angestellt, aber sie ruhten sich aus, anstatt der vereinbarten Pflicht zu folgen.

Der junge Mann afrikanischer Herkunft schrie, zappelte, lamentierte, schlug um sich und riß sich los. Einer von den drei Männern folgte ihm und rannte ihm nach.

Die anderen beiden Männer versuchten, den Mexikaner festzuhalten, der ganz wild und böse geworden war und die beiden ihn festhaltenden Männer angegriffen hatte.

Plötzlich tauchte von irgendwoher der Vater des jungen Mexikaners auf.

Der Vater hatte sich einen Besen gegriffen und benutzte diesen als Waffe gegen den einen der Männer, die seinen Sohn festhielten. Sein Sohn sah sich dadurch jetzt nur noch einem Gegner gegenüber.

Annabell hatte sprachlos dem Geschehen zugesehen, unfähig, sich zu rühren.

Sie hatte nur überrascht festgestellt, daß der eine der drei Männer ihr bekannt war. Als Wirtschaftsprüfer war er auch in der Annabell beschäftigenden Firma gewesen, und sie fand ihn sehr, sehr schick.

Annabell wußte noch genau, daß sie früher einmal innerlich über ihn gedacht hatte:

„Ich liebe Männer mit Effizienz, und er hat sie auch!"

Daß sie ihn hier auf einer Kakaoplantage in so einer Situation wiedersehen würde, hätte sie nie vermutet.

Annabell wachte erst innerlich auf, als sie sah, daß der junge Mexikaner sich einen Schlagring über die linke Hand gezogen hatte.

Und der junge Mexikaner stand im Kampf dem von ihr so angeschwärmten Wirtschaftsprüfer gegenüber!

Annabell packte von hinten den linken Arm des jungen Mexikaners und hielt ihn fest. Da der junge Mexikaner sich mit dem rechten Arm des Wirtschaftsprüfers erwehren mußte, hatte er keine Zeit zum Kampf mit Annabell.

So gelang es Annabell, den linken Arm des jungen Mexikaners an die Wand des kleinen Holzhauses zu pressen, das als Pausen-Aufenthaltsort diente und vor dem die beiden jungen Männer den ganzen Vormittag auf einer Bank gesessen hatten.

Annabell drückte den Arm vollständig gegen die Holzwand und vermochte so derart, die Hand des Mexikaners zu lösen, damit sie den Schlagring von seinen Fingern schieben konnte.

Gerade, als es ihr gelungen war, den Schlagring von der Hand des jungen Mexikaners abzustreifen und in ihre Jackentasche zu stecken, griff der Vater des Mexikaners Annabell an.

Der bisher mit dem Mexikanervater im Kampf stehende zweite Mann hatte abgelassen und war weggerannt, um Hilfe zu holen.

So war der mexikanische Vater frei, um Annabell anzugreifen.

Der Mexikanervater drosch mit dem Besen auf Annabell ein, was sehr, sehr schmerzhaft war. Annabell ließ sofort seinen Sohn los und wich zurück.

Mit voller Wut stürzte sich der junge Mexikaner auf den

schönen Wirtschaftsprüfer, aber Annabell dachte über den Wirtschaftsprüfer:

„Jetzt kann er sich alleine verteidigen."

Und sie wußte, daß er es schaffen würde und den jungen Mexikaner besiegen, denn er war nicht nur schön und sehr schick, sondern auch stark und durchtrainiert, er wirkte jedenfalls so.

Und die Hauptsache war:

Annabell hatte ihn vor dem Schlagring gerettet.

Gegen den Schlagring hätte er keine Chance gehabt, aber ohne Schlagring würde er siegen.

Und für Annabell war am wichtigsten, daß sie den schönen und von ihr angeschwärmten Mann gerettet hatte.

Annabell hatte ihn gerettet!

Kapitel 21

Annabell lief die eng zugebaute Straße entlang. Ein Auto nach dem anderen fuhr vorbei und verpestete die Luft.

Als Annabell die Ampel erreicht hatte, kam ein LKW die Straße entlanggefahren, und die Luft füllte sich noch stärker mit Abgasen.

Annabell wartete nur darauf, daß die Ampel endlich für sie auf Grün schalten würde, damit sie von dieser Straße fortkam. Als die Ampelphase für sie auf Grün sprang, überquerte Annabell eiligen Schrittes die Straße und lief weiter.

Am Ende der Straße schloß sich ein Marktplatz an, auf dem Händler ihre Waren feilboten.

Als Annabell auch den Marktplatz hinter sich gelassen hatte, stand sie endlich auf der Strandpromenade und konnte tief durchatmen.

Endlich frische Luft!

Annabell schaute über das Meer und grüßte es. Die Sonne schien über die Wellen hinweg und brachte die Oberfläche des Meeres zum Glitzern.

Und während Annabell zum Strand hinunterlief, fragte sie sich, ob sie eigentlich das Meer suchte oder nicht vielmehr immer nur das Glitzern und Leuchten der Sonnenstrahlen auf dem Meer.

Annabell war glücklich, das Meer sehen zu dürfen!

Und sie freute sich so sehr darüber, daß sie doch noch einmal an das Meer gekommen war, obwohl ihr jemand vor längerer Zeit prophezeit hatte, sie werde das Meer nicht mehr wiedersehen.

Und das war so gekommen:

Vor längerer Zeit klopfte es daheim an Annabells Wohnungstür.

Sie öffnete, ließ aber die Kette vorgelegt.

Draußen stand ein älterer Mann, der aber noch sehnig und kräftig für sein Alter war.

Als er bemerkte, daß Annabell die Tür nicht vollständig öffnen wollte, sondern nur durch die angelegte Kette fragte, was er möchte, wurde er ganz zornig und wütend.

Er trat mit dem rechten Fuß gegen Annabells Wohnungstür, wandte sich dann um und ging zur Treppe zurück.

Aber bevor er die Treppe hinabstieg, drehte er sich noch einmal halb zu Annabell um und sagte ganz gehässig und böse zu ihr:

„Aber an das Meer kommst du nicht mehr."

Annabell wußte gar nicht, wer der Mann war, und wieso er so gut über ihre Lebensgewohnheiten Bescheid wußte, aber auf dieses Erlebnis hin verschob Annabell für lange Zeit jede Reise ans Meer.

Kein Wochenende verbrachte sie mehr dort, bis sie sich eines Tages selbst Tapferkeit zusprach und allen Zweifeln und Ängsten zum Trotz in einen Zug stieg und losfuhr.

Sie wollte endlich das Meer wiedersehen!

Und als sie sich jetzt am Meer befand, fragte sie sich noch einmal, ob sie wirklich das Meer suchte, oder ob es ihr nicht vielmehr um das Sonnenfunkeln auf dem Wasser ging.

Ob sie eigentlich nur das Sonnenfunkeln gesucht hatte?

Aber sie blieb sich selbst die Antwort schuldig.

Annabell setzte sich an eine Düne und schaute über das Meer, folgte mit den Blicken den Spaziergängern am Strand und dachte plötzlich:

„Ich werde mein Schicksal weiterstricken, immer an mir vorbei."

Was würde sein, wenn sie einst auf ihr Leben zurückblicken müßte und verpflichtet wäre, es selbst einzuschätzen?

Annabell bekam Angst.

Sie bekam manchmal Angst, wenn sie daran dachte, daß sie mit irgendeiner situationsbedingten Entscheidung, von deren Richtigkeit sie überzeugt gewesen war, vielleicht das ganz Falsche gewählt hatte.

Was wäre gewesen, wenn sie anderen Impulsen, die auch gegenwärtig gewesen waren, gefolgt wäre?

Wie wäre ihr Leben dann verlaufen?

Sie hatte sich auch immer von zu vielem ablenken lassen, aber ein normaler Mensch läßt sich ablenken.

Nur Verrückte bleiben starr an einem Thema ihr Leben lang, bei allen anderen wird es bunt.

Was war das Leben?

Wo kam Annabell her?

Wo ging sie hin?

Sicher, sie hatte ihren Lebensbahnhof gefegt, obwohl ihr Lebenszug schon längst abgefahren war, und sie nur noch von ferne die roten Rücklichter des Schnellzuges leuchten sehen konnte.

Vielleicht aber würde diese Einfachheit der Pflicht des Fegens des Lebensbahnhofes im nächsten Leben die Erlaubnis bringen, auf die Kunsthochschule zu gehen, um dort alles lernen zu dürfen, was sie wollte, daß es dann vielleicht hieße:

„Weil du immer so brav den Bahnhof gefegt hast, kommst du an die Kunsthochschule und darfst alles lernen, was du willst."

Und das wäre dann eine ganz große Auszeichnung.

Aber würde sie dann glücklich sein?

Und wo bliebe Tantchen?

Annabell stellte sich vor, wie sie vor einem schönen Mann stehen würde und in seinem Gesicht die Züge Tantchens suchte.

„Ja",

dachte Annabell,

„dann geht die Sucherei wieder los. In jedem schönen Gesicht werde ich sie suchen, aber ich werde vergessen haben, daß ich sie suche."

Annabell wurde traurig.

Sie würde nachher gleich Tantchen anrufen.

Tantchen war ihre Heimat!

Und so lange Annabell noch hier auf dieser Welt war, wollte sie die Zeit mit Tantchen teilen.

Annabell erinnerte sich daran, wie es war, als sie selbst noch nicht auf dieser Welt lebte.

Da stand sie in grauer Sphäre als pures winziges Bewußtsein.

Große, runde Atome surrten an ihr vorbei.

Und Annabell als pures Bewußtsein dachte:

„Es ist alles so einsam hier.",

und wurde unendlich traurig.

In dem Moment erfaßte ein starker Sog als Wirbel die Annabell des puren Bewußtseins, und sie fand sich im Bauch ihrer Mama wieder.

Dort, erinnerte sie sich, hatte sie sehr viel geschlafen, war nur ab und zu aufgewacht und hatte sich von einer Seite auf die andere gedreht.

Ein schönes, mattes, orangefarbenes Licht schien manchmal in Annabells neues Heim durch die Wand, in den Bauch ihrer Mama.

Bis Annabell eines Tages aufwachte und sich nicht mehr zu drehen vermochte, weil kein Platz mehr vorhanden war und sich direkt vor ihrem Gesicht eine Wand befand.

Die pränatale Annabell boxte und stieß mit ihren Händchen und Beinchen:

„Ich will hier raus!"

Aber in dem Moment wußte sie:

„Ich muß noch eine Woche warten."

Da schlief sie wieder ein.

An den Geburtsvorgang erinnerte sie sich nur noch so weit, daß sie einmal keine Luft mehr bekam, da war sie steckengeblieben, aber das war nur ganz kurz.

Als sie dann frischgeboren auf dem Arm der Krankenschwester saß, wußte sie noch, daß sie mit viel Interesse ihre Umgebung betrachtet hatte und dachte:

„Ist ja alles so bunt hier!"

Und sie freute sich über die Buntheit, denn sie war ja einst aus der grauen Sphäre gekommen, als sie noch pures Bewußtsein war.

Deshalb mochte Annabell auch gar nicht gern Auto fahren.

Dieses lange, graue Asphaltband der Straße stimmte sie immer ganz traurig, weil es sie an ihre Einsamkeit in der grauen Sphäre erinnerte.

Annabell wollte diese Gedanken nicht wegschieben.

Sie ließ den Sand der Düne durch die Finger rinnen und dachte für einen Moment an gar nichts.

Erst, als sich in der Nähe ihres Platzes ein Mann niederließ, fand Annabell es für angezeigt, zu gehen.

Sie wollte sowieso noch Tantchen anrufen.

Und so stand sie auf, klopfte den Sand von ihren Sachen und schlenderte zurück.

Kapitel 22

Als Annabell sich auf dem Heimweg befand, dachte sie an den gestrigen Abend.

Sie war zur Abendschule gegangen.

Und auf dem Weg zum Kursraum, innerhalb des Gebäudes der Abendschule, mußte sie erst ein paar Stufen auf dem Gang hinaufsteigen, um dann wieder dieselbe Anzahl Stufen nach einigen Schritten hinabzusteigen.

Auf dem Mittelstück des Ganges, das so von den hinaufsteigenden und von den dann wieder hinabführenden Stufen begrenzt war, eine Art von Podest, saßen zwei junge Männer, von denen der eine blonde junge Mann Annabell ausnehmend gut gefiel.

Als sie an ihm vorbeiging, lächelte sie ihn an, und er lächelte zurück.

Annabell kam zu ihrem Kursraum und sah, daß eine Nachricht mit Kreide an der Tafel stand, daß der Kurs heute erst eine halbe Stunde später anfangen würde.

Als Annabell sah, daß sie eine halbe Stunde zu früh gekommen war, ging sie den Gang wieder zurück, denn die halbe Stunde wollte sie lieber draußen im Grünen auf einer Bank verbringen, als im schmucklosen Klassenzimmer. An den beiden sich unterhaltenden Männern vorbeikommend, lächelte Annabell dem Blonden wieder zu, und er lächelte zurück, und Annabell ging weiter nach draußen.

Als es Zeit war, kehrte Annabell zum Übungsraum zurück und kam wieder an den beiden jungen Männern vorbei.

Und da Annabell guter Stimmung war, fragte Annabell den Blonden, der dort noch saß und sich mit seinem Freund unterhielt:

„Wie heißt du denn?"

Er nannte sofort strahlend lächelnd seinen Namen, den Annabell gar nicht richtig verstand. Und als sie nachfragte, verstand sie ihn immer noch nicht, denn es war ein ausländischer Name, den sie noch nie gehört hatte.

„Er ist griechischer Herkunft.",

sagte ganz stolz und fröhlich lächelnd der Blonde zu Annabell über seinen Namen.

„Ich habe Griechisch gelernt und habe es gar nicht erkannt.",

bemerkte Annabell und lächelte zurück.

Dann ging Annabell weiter und verschwand im Kursraum.

Dort hatten sich schon fast alle Teilnehmer eingefunden, und alle warteten nur noch auf die Lehrerin.

Annabell packte ihre Sachen aus, war aber in Gedanken noch bei dem jungen Mann, der ihr so gut gefiel.

Und als sie einige Kursusblätter in Kopie doppelt fand, legte sie sie zusammen und bat eine Kursteilnehmerin, die gerade den Raum verlassen und auf den Gang hinausgehen wollte, doch dem blonden jungen Mann die Kopien mit einem herzlichen Gruß von ihr zu geben.

Dann könnte er sich auch etwas mit Griechisch beschäftigen.

Einfach nur so!

Dabei dachte Annabell noch:

„Hoffentlich denkt er aber nicht, daß ich hier die Lehrerin bin, wenn ich ihm solche Kopien schicke."

Diesen Status dem Anschein nach wollte sich Annabell in keiner Weise anmaßen.

Als der Kurs begonnen hatte, ging plötzlich die Tür auf, und die vorhin hinausgegangene Frau kam mit dem blonden jungen Mann in den Kurs zurück. Die Frau ging an ihren Platz, und der blonde junge Mann setzte sich ganz selbstverständlich rechts in die erste Reihe und gehörte nun einfach dazu.

Im Kurs gab es auch eine Teilnehmerin, die ihren großen Hund immer mit in den Klassenraum nahm.

Sonst saß dieser Hund immer ganz ruhig dabei, aber

kaum sah er diesmal den jungen Mann sich hinsetzen, lief er sofort auf diesen los.

Der junge blonde Mann fing an zu lachen und beruhigte sich nur schwer.

Annabell saß weiter hinten und konnte gar nicht sehen, warum der junge Mann sich so sehr freute und dieser Freude auch so deutlich Ausdruck verlieh.

Der Unterricht nahm seinen Verlauf, und der junge Mann war mit der Griechischübersetzung an der Reihe.

Er konnte längst Griechisch, und Annabell hatte ihm Kursanfangskopien gesandt!

Als er gerade übersetzte:

„Zuerst hatten sie sich vorgenommen, alle Theos-Söhne zu vernichten, die eingeliefert werden.",

fing er plötzlich wieder an zu lachen und unterbrach somit die Übersetzung und freute sich stattdessen über den großen Hund, der an seinem Tisch stand.

Da Annabell nicht sehen konnte, warum allgemeine Heiterkeit in den vorderen Reihen herrschte, und warum vor allem der junge Mann nicht weiter übersetzte, ertappte sie sich plötzlich bei dem Gedanken:

„War wohl doch keine so gute Idee, ihn in den Kurs hineinzunehmen.",

denn Annabell fühlte sich irgendwie durch den Unernst seines Benehmens gestört.

Hätte Annabell gleich gewußt, daß der Hund versuchte, die Chips-Packung, die der junge Mann auf den Tisch gelegt hatte, sich vom Tisch herabzuholen, und es dem Hund während der Übersetzung des jungen Mannes auch gelungen war, die Packung zu sich heranzuziehen und den Inhalt aufzufressen, dann wäre Annabells Urteil ganz sicher milder ausgefallen.

Und daran mußte Annabell jetzt auf dem Heimweg denken.

Wie oft man doch verurteilt, ohne genau nachzufragen oder ohne genau die Gründe zu wissen, und dann noch über Menschen urteilt, die einem doch vorher sehr, sehr sympathisch waren.

Als Annabell an dem Haus, in dem sie wohnte, angelangt war, sah sie, daß ihre Nachbarin auf dem Hof ihre eigenen Blumen mit Wasser versorgt hatte. Und zwar mittels des Schlauches, der an den Hahn mit dem Gemeinschaftswasser angeschlossen war.
Alle von der Nachbarin gepflanzten Blumen hatten Wasser erhalten.
Annabell fand die Idee gut und dachte, das könnte sie dann auch mit den von ihr selbst gepflanzten Blumen auf dem Hof tun.
Sie stellte ihre Tasche ab, griff sich den Schlauch, stellte den Wasserhahn an und sprengte.
In dem Moment kam durch den Vorderhauseingang die Hausmeisterin auf den Hof und sagte ganz aufgeregt zu Annabell:
„Nein, das geht gar nicht."
Annabell wunderte sich:
„Wieso denn nicht?"
Die Hausmeisterin wies darauf hin, daß es sich um Gemeinschaftswasser handeln würde, und Annabell wüßte nicht, ob alle Mieter damit einverstanden wären, daß die Blumen im Hof Gemeinschaftswasser erhielten, denn der Wasserverbrauch würde von allen Mietern getragen werden.
Annabell schaute die Fassade des Hauses hinauf bis zu den oberen Wohnungen und fragte sich innerlich, ob sie jetzt jeden einzelnen Mieter fragen sollte, ob er einverstanden wäre, daß die Blumen im Hof Gemeinschaftswasser erhielten.
Laut sagte sie zu der Hausmeisterin:
„Das heißt für mich, daß ich wieder das Wasser aus der 4. Etage in Kanne und Eimer herabschleppen darf, um die Blumen zu gießen."
Denn Annabell wohnte in der 4. Etage.
Aber das interessierte die Hausmeisterin nicht.

Und auch die Nachbarin, die ebenfalls mit dem Gemeinschaftswasser ihre eigenen Blumen besprengt hatte, tat so, als ginge sie das alles nichts mehr an und zupfte weiterhin ihr Unkraut aus dem Boden.

Annabell gab den Gartenschlauch der Hausmeisterin zurück.

Doch bevor sie ihre Tasche nahm, um nach oben zu ihrer Wohnung zu gehen, konnte sie nicht umhin, zu der Hausmeisterin zu sagen:

„Seitdem Sie hier Hausmeisterin sind, gibt es nur noch Ärger.",

und im Innern für sich nannte sie sie „dumme Zicke".

Dann drehte sich Annabell um und ließ Hausmeisterin und Nachbarin stehen, um zu ihrer Hinterhofwohnung hinaufzusteigen.

Als Annabell später mit Kanne und Eimer mehrmals von ihrer Wohnung in der 4. Etage in den Hof hinabgelaufen war, um den von ihr gepflanzten Blumen Wasser zu geben, sah sie dabei, daß die Fenster und Türen der unteren Ladenwohnung ganz weit offen standen.

Dort wohnte ein modernes Künstlerehepaar, das immer die Türen und Fenster offenstehen ließ, um das Gefühl der Weite und der Helligkeit in ihre Hinterhofwohnung zu bringen.

Während Annabell jetzt zu ihren Blumen lief, kam sie an der geöffneten Glastür dieser Künstlerwohnung vorbei.

Und als Annabell hinschaute, sah sie eine Bekannte des Künstlerehepaares an einem runden Tisch sitzen und lesen, und vor ihr stand eine helle, dicke, angezündete Kerze.

Annabell fiel auf, daß die Kerze nicht nur am Docht brannte und das obere Wachs weich werden ließ, nein, auch der Boden der Kerze war wachsweich und schmolz.

Und die Kerze stand weder auf einem Untersetzer noch

auf einem Teller, sondern sie stand direkt auf der Tischplatte.

Als Annabell zum wiederholten Male vorbeikam, sah sie wieder den schmelzenden Kerzenboden, und da sprach sie die junge Frau daraufhin an.

Diese lächelte freundlich, und da Annabell das Künstlerehepaar etwas näher kannte, trat sie einfach durch die Öffnung der Glastür in deren Wohnung, ging auf den Tisch zu und pustete die Kerze aus. Dabei fiel Annabell auf, daß die Flamme der Kerze von einem kleinen Glasröhrchen umgeben gewesen war.

Die Kerze ließ sich nur löschen, weil das Glasröhrchen im flüssigen Wachs durch Annabells Pusten umfiel und damit die Flamme zum Erlöschen brachte.

Das umgepustete Glasröhrchen ließ die Flamme erlöschen.

Die junge Bekannte des Künstlerehepaares lächelte Annabell freundlich an, und Annabell sagte zu ihr, während sie auf den weichen Wachsboden der Kerze hinwies:

„Wenn es zu heiß wird, gibt es schwarze Flecke auf dem Holz. Das ist auch so bei Teelichtern, die werden unten ganz heiß, wenn man sie nicht auf einen Teller stellt. Man stellt am besten zwei Teller übereinander, weil ein Teller allein auch unten heiß wird."

Die junge Frau war aufgestanden, und gemeinsam suchten sie nach dunklen Flecken auf dem Holztisch, denn die junge Frau hatte die Kerze zuvor schon woanders auf dem Tisch zu stehen gehabt. Aber bis auf die gerade frisch entstandene Verfärbung, deren weitere Verdunkelung Annabell verhindert hatte, fand sich nichts auf dem Tisch.

Nachdem Annabell sich von der jungen Frau verabschiedet hatte und mit ihrer Gießkanne und dem Eimer wieder zu ihrer Wohnung emporstieg, wunderte sie sich noch darüber, wie es möglich war, daß eine Kerze auf einer Seite am Docht normal brannte, aber das Wachs gleichzeitig unten am Boden zu schmelzen beginnen konnte.

Genauso wunderte sich Annabell über das kleine Glasröhrchen, das um die Flamme herumgestellt gewesen war.

Über dieses physikalische Phänomen, das wahrscheinlich dem Modernitätsgedanken entstammte und bestimmt als ganz chic galt, würde Annabell noch nachdenken müssen.

Kapitel 23

Annabell lief die Straße entlang. Sie hatte es nicht eilig.
Es brummte in der Luft.

Als das Brummen nicht aufhörte, schaute Annabell empor, woher das Geräusch käme.

Oben am Himmel in einiger Entfernung flog ein ferngesteuertes Segelflugzeug, wie es Hobbybastler gern in die Luft steigen lassen.

Annabell achtete nicht länger darauf und schritt weiter.

Als das Brummen sich wieder verstärkte, schaute sie empor und sah, daß das Flugzeug die rechte Tragfläche verloren hatte, aber immer noch in der Luft umherflog.

Annabell wunderte sich, aber dann beachtete sie das Flugzeug nicht mehr.

Annabell ging die Straße weiter entlang und kam an einer Häuseranlage vorbei, die zur Straße offen war und einen großen begrünten Hof zeigte. Die Häuser waren als ein zur Straße offener, großer, hufeisenförmiger Komplex gebaut worden.

Annabell blieb stehen, diesen Hof wollte sie sich anschauen.

Er war voller Grün. An den Seiten standen große, grüne Büsche, und den Boden bedeckte saftiger Rasen.

Der Hof war hell, aber die Sonne fehlte völlig.

Als Annabell so stand und sich den Hof anschaute, verstärkte sich das Brummen in der Luft, und am Himmel über dem Hof zeigte sich das ferngesteuerte Hobby-Segelflugzeug.

Aber es hatte nun auch die linke Tragfläche verloren.

Es flog nur noch mit dem breiten, langen Mittelstück durch die Luft, immer hin und her, und schien völlig außer Kontrolle geraten zu sein.

Als es einmal näher an Annabell vorbeiflog, sah sie, daß es aus Plastik bestand und aus gelben, weißen und orangefarbenen Bauteilen zusammengesetzt war.

Sogar die Einfassungen, wo einst die Flügel befestigt

waren, konnte Annabell erkennen.

Und auf der rechten Seite des Rumpfes des Hobby-Segelflugzeuges stand in blauer Farbe „ICH".

Und als Annabell noch schaute, veränderte sich die Flugrichtung des kaputten, aber noch funktionstüchtigen Flugzeuges, und es zielte direkt auf Annabell und griff Annabell an.

Es griff Annabell an!

Wohin sie sich auch wandte, blitzschnell reagierte es und sauste hinterher.

Es griff an und wollte direkt Annabells Kopf attackieren.

In dem Moment der Hilflosigkeit und Verzweiflung gewahrte Annabell zwei nebeneinander befindliche Hoftüren.

Die rechte Hoftür war geschlossen, aber die linke Hoftür stand weit offen. Ganz hell sah man die weiße Treppenhauswand, und Annabell rannte um ihr Leben zu dieser Tür und in diesen Hauseingang hinein.

Das kaputte Flugzeug sauste draußen vorbei und folgte ihr nicht nach.

Als Annabell später wieder daheim war, wußte sie nicht mehr zu sagen, wie viele Stunden sie dort auf den Treppenstufen des Hauses gesessen hatte.

Sie war wieder sicher nach Hause gekommen, und von dem Hobby-Segelflugzeug „ICH" war auch später nichts mehr zu sehen gewesen.

Aber Annabell dachte noch sehr lange darüber nach, warum ihr das passiert war.

Kapitel 24

„Und denk dran: Man kann sein Gesicht nur retten, indem man immer gleich nach dem Aufwachen ein Vaterunser spricht."

Annabell war aus der Cafeteria der Firma getreten und hatte sich von einem Arbeitskollegen verabschiedet. Sie hatte sich aber noch einmal halb nach ihm umgedreht, um ihm diese Worte nachzurufen.

Der Angeredete lächelte Annabell zu, nickte und ging zu seinem Arbeitsraum, während Annabell die Treppe zu ihrem Arbeitszimmer hochstieg.

Eine ältere Mitarbeiterin, die ebenfalls aus der Cafeteria getreten war, hatte Annabells Worte auch gehört. Nun schaute sie Annabell ganz skeptisch an.

Und Annabell, offen, wie sie war, sagte zu dieser Mitarbeiterin, als sie mit ihr gemeinsam die Treppe hochstieg:

„Es stimmt wirklich, man kann sein Gesicht nur retten, wenn man gleich nach dem Aufwachen ein Vaterunser spricht."

Die ältere Mitarbeiterin war aber mißgelaunt, und ganz mürrisch kam es zurück:

„Ach, lassen Sie mich doch damit in Ruhe!"

Und sie bog grußlos auf der 1. Etage in den nächsten Gang ein.

Annabell nahm es hin und stieg stattdessen mit ihrer Mineralwasserpackung im Arm weiter die Treppe zu ihrem Arbeitsraum empor.

Bis zur 5. Etage mußte sie laufen!

Es gab auch einen Fahrstuhl, aber Annabell wollte sich überwinden und stärken und nahm grundsätzlich, fast ausnahmslos, die Treppe. Ganz selten benutzte sie den Fahrstuhl.

Und während sie die Stufen hinaufstieg, schaute sie auf ihre Mineralwasserpackung und mußte an ihren Schutzengel denken, dem sie diese Mineralwassermarke zu verdanken hatte.

Einst war ihr dieses Mineralwasser aufgefallen, sie hatte es gekauft, ausprobiert, und es hatte ihr sehr gut geschmeckt.

Und Mineralwasser war wichtig für Annabell aufgrund ihrer Nahrungsmittelallergien. Aber alsbald hatte ihre Vorliebe für das Mineralwasser wieder nachgelassen.

Doch da kam ihr weiblicher Schutzengel im Traum zu ihr und sagte ganz traurig und enttäuscht zu Annabell:

„Ich habe dir extra das Wasser gezeigt, und nun bist du doch wieder zum Essen zurückgekehrt."

Da besann Annabell sich am anderen Morgen und kehrte wieder zu ihrem Mineralwasser zurück.

Überhaupt dachte Annabell gern an ihren Schutzengel.

Als sie ihn einmal abends vor dem Schlafengehen fragte, warum sie überhaupt noch hier auf dieser Welt sei, begegnete sie prompt in jener Nacht im Traum ihrem weiblichen Schutzengel. Ihr Schutzengel lächelte Annabell an und sagte:

„Du bist nur noch so hier. Aber das Stück Leben, das du noch hast, nimm es leicht!"

Und Annabell durfte im Traum auf ihr restliches Leben schauen, ohne es sich zu merken, und sagte fröhlich zu ihrem Schutzengel im Traum:

„Ja, ganz leicht!"

Und immer, wenn nun Annabell vor einer Hürde im Leben stand, dachte sie an ihren Schutzengel und an jenen Traum, und sie sagte sich dann immer selbst:

„Nimm es leicht!"

Das hatte ihr schon sehr oft geholfen, schwierige Situationen zu überstehen.

Und daran mußte Annabell denken, während sie die Stufen zu ihrem Arbeitszimmer hinaufstieg.

Oben angekommen, hörte sie schon das Klingeln des Telephons durch die Tür. Schnell aufschließend, eilte sie zu ihrem Schreibtisch, und die Pflicht hatte sie wieder eingeholt.

Kapitel 25

Nachdem Annabell aus dem Geschäft getreten war, ging sie zu ihrem im Ständer stehenden Fahrrad und löste es von der Kette.

Sie war so in Gedanken, daß sie die Handgriffe schon ganz mechanisch tat.

Annabell schob ihr Fahrrad auf den Bürgersteig und schritt, das Fahrrad schiebend, zur nächstgelegenen Ampel. Als sie an der Ampel stand, mußte sie warten, bis die Phase für sie auf Grün sprang.

Dann schob sie ihr Fahrrad über den Fahrdamm, und plötzlich, als sie die Straßenbahnschienen auf der Mitte des Fahrdammes überquerte, bemerkte sie, daß der Hinterreifen ganz platt war.

Annabell war erstaunt, schob ihr Fahrrad weiter bis zur anderen Seite der Straße und lehnte es an einen dortigen Gitterzaun. Sie holte die Luftpumpe hervor und begann, das Fahrrad aufzupumpen.

Aber der Reifen blieb weiterhin platt!

Annabell wurde nun doch aufmerksam.

Warum blieb der Reifen weiterhin platt?

Hatte er ein Loch?

Als sie sich näher hinabbeugte zum Fahrradreifen, bemerkte Annabell, daß das Ventil fehlte. Sie war so in Gedanken gewesen, daß sie gar nicht bemerkt hatte, daß sie ihren Hinterreifen am Fahrrad ohne Ventil aufzupumpen versucht hatte!

Zum Glück hatte Annabell stets Ersatzventile in der Tasche.

Denn Annabell kannte es schon, daß es Mitmenschen gab, die anderen die Ventile aus den Fahrrädern drehten.

Annabell steckte das neue Ventil in das Ventilrohr des Schlauches und pumpte ihr Fahrrad noch einmal auf, und diesmal funktionierte es.

Der Reifen war also doch nicht defekt!

Als Annabell in die Nähe ihres Wohnhauses kam, mußte

sie an einer großen Baustelle vorbei. Lange Sandflächen dehnten sich zwischen den umliegenden Häusern aus.

Als sie weiterfuhr, verlief der Weg direkt unter den Zementstabilisierungsblöcken eines hohen Kranes, was Annabell gar nicht liebte, denn diese riesigen Zementblöcke über dem Haupt waren wie ein Damoklesschwert.

Manchmal gab es sogar Kräne in der Stadt, da saßen die Zementstabilisierungsblöcke schief, so daß man gleich annehmen konnte, sie fielen herab.

Annabell zog es ein jedes Mal bis ins Rückenmark, wenn sie in so eine Situation kam.

Nur schnell vorbei!

Kurz vor ihrem Wohnhaus stoppte Annabell ihr Fahrrad, denn sie hatte auf dem letzten Stück des freien Geländes vier Katzen erspäht, von denen sie eine besser kannte.

Zwei Katzen saßen weiter hinten, und die anderen zwei Katzen befanden sich weiter vorn am Bauzaun.

Es war ein ruhiger Abschnitt und nicht wirklich Baustelle, sondern Brachland, auf dem vereinzelt schon kleine Büsche wuchsen und sich kleine, grüne Oasen gebildet hatten.

Aber so, wie es grünte, hatten auch rücksichtslose Menschen Schmutz und Müll über den Bauzaun geworfen, so daß der kleine, freie Platz schon eher einer wilden Müllkippe glich.

Und dazwischen saßen die Katzen.

Die eine vordere Katze, eine weißgraue, leckte gerade Wasser aus einer Pfütze, die teilweise mit verunreinigenden Gegenständen gefüllt war.

Und dieses schmutzige Wasser leckte die Katze auf!

Annabell tat dieses Tierchen leid, denn es war gar nicht abzusehen, was das Tier alles damit an Schmutz durch das Wasser in sich aufnahm. Es war der Schmutz rücksichtsloser Menschen, die ihren Abfall in die Natur warfen, um ihn selbst los zu sein.

Und die Katze trank nun ihr eigenes Lebenswasser aus

der Schmutzlache.

Es blieb ihr nur die Schmutzlache zum Überleben!

Annabell ging am Bauzaun vorüber.

Da wurde Annabell von der anderen, vorderen, grauen, langhaarigen, wuscheligen Katze entdeckt, die sofort ihre Gefährten verließ, um zu Annabell zu laufen.

Annabell liebte diese Katze sehr.

Die Katze lief neben Annabell her bis zum Hauseingang des Hauses, in dem Annabell wohnte, und kam mit ihr hinein.

Noch bevor Annabell zu ihrer Wohnung im Hinterhaus hochgestiegen war, war die Katze schon vorausgelaufen und wartete vor Annabells Wohnungstür, daß Annabell käme und aufschließe. Die Katze huschte zuerst in die Wohnung und fühlte sich gleich wie zu Hause.

Als Annabell später in ihrem Bett saß, lag die Katze auf einer Decke neben ihr und schnurrte.

Annabell hatte ihre große Stehlampe eingeschaltet und wollte eigentlich noch in einem theologischen Fachbuch lesen.

Annabell versuchte, hauptsächlich nur noch anspruchsvolle Bücher zu lesen, denn es hatte einst vor Jahren eine Frau in Annabells Traum abwertend über Annabell gesagt:

„Ach, die ist blöd, die lernt nicht, die liest nur Zeitschriften."

Von dem Traum an las Annabell keine Zeitschriften mehr, denn die Frau hatte recht.

Annabell hatte wirklich jahrelang nicht mehr richtig gelernt gehabt, sondern nur politische Journale über das täglich wechselnde Tagesgeschehen gelesen.

Die Frau aus dem Traum hatte recht!

Von Stund an kehrte Annabell zu ihren theologischen Büchern zurück, zu ihren Lernkärtchen der Sprachen und Definitionen.

Und nun wollte sie heute eigentlich in einem neu erschienenen Fachbuch lesen, aber Annabell war schon so müde, und außerdem war ihr ein altes Notizbuch in die Hände gefallen, in das sie noch schauen wollte.

Und so blieb das Fachbuch unbeachtet an diesem Abend liegen.

In dem Moment klopfte es an Annabells Wohnungstür.

Annabell horchte auf, aber sie wußte, daß sie nicht hingehen würde, um zu öffnen. Es klopfte noch einmal, aber Annabell las schon wieder in ihrem alten Notizbuch.

Sie erwartete niemanden, und es war auch schon spät, sie würde nicht öffnen. Jeder, der sie näher kannte, hatte ihre Telephonnummer und konnte sie anrufen, wenn er vor ihrer Tür stehen würde.

Es mußte jemand Fremdes sein, und für Fremde war Annabell jetzt nicht zu sprechen, nach den schlechten Erfahrungen, die sie mit dem Türöffnen für Fremde gemacht hatte.

Wenn Annabell gewußt hätte, welch schöner und schicker Mann vor der Tür gestanden hatte, der sie bitten wollte, etwas für Annabells Nachbarin entgegenzunehmen, und dem Annabell sehr, sehr gut gefallen hätte, hätte Annabell sofort die Tür geöffnet.

Aber so wußte sie nicht, daß das Glück an ihre Tür geklopft hatte. Die Tür zum Glück blieb verschlossen, und das Glück ging vorüber.

Da aber weder Annabell, noch der schöne, schicke Mann wußten oder ahnten, daß sie eben an ihrem Glück vorbeigegangen waren, vermißten sie auch das vorbeigegangene Glück gar nicht, sondern jeder würde sein Leben weiterleben wie bisher.

Es würde nur weiterhin das Gefühl bleiben, daß irgendetwas im Leben fehlt.

Annabell schaute in ihr altes Notizbuch und fand darin noch den Tag beschrieben, an dem sie ihren ehemaligen freundschaftlichen Freund aus der Nachbarfirma besuchte.

Annabell hatte an die Tür seines Arbeitszimmers

geklopft und war dann eingetreten.

Sie hatte ein lilafarbenes Kleid an und trug damals noch das Haar zum Zopf gebunden.

Und da sah sie ihn wieder, den, den sie so sehr gern hatte.

Da stand der schöne Mann mit den dunklen Haaren und dem schicken Pagenschnitt!

Er stand in seinem offenen, weißen Architektenkittel mit dem Rücken zum Fenster, an die Heizung gelehnt, die beiden Hände seitwärts auf den Heizungskörper gestützt, und schaute gerade zu einem blonden Mann mittleren Alters hinüber, der sich in dem Moment über den Modellaufbau eines Häuserkomplexes gebeugt hatte und nun mit einem unaufrichtigen, scheelen Blick zur Seite auf den Boden starrte.

Es schien, als ob der blonde Fremde mit finsteren, düsteren, unlauteren Gedanken darüber nachdachte, wie er am leichtesten das Gebäudekomplexmodell für seine Zwecke bekommen könnte.

Die beiden Männer mochten sich gar nicht, und Annabells freundschaftlicher Freund wartete nur darauf, daß der blonde Mann mittleren Alters endlich gehen würde.

Als Annabell in das Zimmer getreten war, und Annabells Freund ihrer ansichtig wurde, stand er sofort von der Heizung auf, an die er sich gelehnt hatte, und kam auf Annabell zu.

Er schaute sie ganz vertraut mit seinen schönen, warm blickenden braunen Augen an, und Annabell fand ihn wieder so umwerfend schön, daß es für die Ewigkeit bleiben würde.

Er legte seine rechte Hand ganz leicht auf Annabells linken Arm und sagte ganz leise zu ihr, damit der blonde unsympathische Mann es nicht hören konnte:

„Komm später wieder!"

Und Annabell konnte spüren, wie lieb er sie hatte.

Annabell konnte richtig seine Liebe und seine Wärme

für sie spüren!

Der Moment war schön gewesen, aber Annabell war traurig und enttäuscht, denn sie hatte nur eine kurze Pause, und diese paar Minuten hätte sie gern mit dem Freund verbracht. Aber er war in Geschäftsverhandlungen, und da durfte sie nicht stören, also mußte Annabell wieder gehen.

Annabell wurde traurig, legte das Notizbuch zurück, nahm die Katze in den Arm, schaute noch einmal auf ihr nichtgelesenes Fachbuch und dachte daran, daß sie sich eigentlich noch hätte disziplinieren müssen, anstatt melancholischen Gedanken nachzufolgen. Sie tröstete und beruhigte sich selbst aber damit, daß sie ja morgen noch Zeit zum Lernen hätte.

Nachts wurde Annabell wach, weil jemand im Traum in ihre Gedanken hineingesagt hatte:

"Nicht mehr lange! Nicht mehr lange!"

Annabell erschrak, was sollte das heißen?

Sollte das heißen, daß sie nicht mehr lange noch Zeit zum Lernen haben würde?

Daß Annabell doch noch in jener Nacht Ruhe fand, war nur der Katze zu verdanken.

Die Katze hatte sich auf Annabells linke Schulter gelegt, und obwohl sie schwer war, störte sie Annabell nicht, sondern beruhigte Annabell.

Diese schnurrende, weiche, warme Wuschelkatze mit dem lieben Katzenkopf war so friedlich, daß Annabell in der Geborgenheit dieser Katze wieder einschlief und alles zweifelhaft andere vergaß.

Kapitel 26

I.

Der Zug blieb stehen, und durch die Lautsprecher des Bahnsteiges wurde angesagt, daß dieser Zug ausgetauscht werden sollte. Alle Fahrgäste hätten ihre Abteile zu verlassen.

Annabell und ihr Tantchen suchten eilig all die kleinen Täschchen zusammen, die sie gerade ihrem Reisegepäck entnommen hatten, packten all die anderen Sachen zusammen und stiegen aus.

Die Ansage des Umsteigens war so überraschend gekommen, daß sie gar nicht recht wußten, ob sie nun wirklich all ihre Gepäckstücke mitgenommen hatten.

Als Tantchen auf dem von der Wintersonne beschienenen Bahnsteig stand, zwischen all den vielen anderen Wartenden, stellte Annabell ihre Taschen neben Tantchen ab und kehrte noch einmal in den Zug zurück, um zu schauen, ob auch wirklich nichts im Abteil liegengeblieben war. Sie hoffte nur, daß der Zug nicht abfahren möge und womöglich auf ein Abstellgleis geschoben werde, bevor sie wieder ausgestiegen wäre.

Aber Annabell kehrte wohlbehalten zu Tantchen zurück, und sie hatten auch nichts im Abteil zurückgelassen.

Die Möglichkeit des Zurücklassens bestand nämlich wirklich, da Annabell und Tantchen, im Bewußtsein, die ununterbrochene Bahnfahrt werde noch mindestens eine Stunde dauern, vieles ihren Reisetaschen entnommen hatten, was aber nun in der Eile des Aufbruches wieder zurückgepackt werden mußte.

Aber es war nichts vergessen worden.

Annabell und ihr Tantchen hatten diese Reise unternommen, da Tantchen gern ihr ehemaliges Vaterhaus wiedersehen wollte. Es war von ihrem Vater einst nach seinen eigenen Plänen entworfen und gebaut worden.

Und obwohl Tantchen dort nichts mehr gehörte, wollte

sie das einstige Vaterhaus gern wiedersehen.

Annabell und ihr Tantchen waren in einer kleinen Pension abgestiegen und hatten sich nachmittags noch die große Hauptstraße der Stadt angeschaut.

Tantchen fiel es schon etwas schwer, lange Wege zu gehen, deshalb hatte Annabell sich an eine Pflegestation in der Stadt gewandt und sich für die Zeit ihres Aufenthaltes einen Rollstuhl ausgeliehen.

Nachts kam Tantchen auf die Idee, zum Friseur zu wollen. Sie hatte auf der großen, breiten Hauptstraße gesehen, daß es dort einen Friseur gab, der bis früh um drei Uhr geöffnet hatte.

Annabell setzte Tantchen in den Rollstuhl und fuhr sie die Straße entlang bis zu dem Friseur, und er hatte wirklich noch geöffnet, obwohl es schon nachts gegen zwei Uhr dreißig war. Ein junger Mann bediente dort, und Tantchen war auch dann gleich die nächste Kundin.

Der junge Mann fragte Tantchen:

„Soll ich die Haare gleich ganz kurz schneiden?"

„Nein, nur unten begradigen.",

erwiderte Tantchen.

Annabell setzte sich derweil auf die Stufen des Frisiersalons und schaute die große, breite, nächtliche Straße entlang, schaute den Autos nach und dem einzelnen Fahrradfahrer und den wenigen Fußgängern. Und sie fand diese Straße doch noch sehr belebt für diese nächtliche Uhrzeit.

Als Tantchen fertig war, setzte Annabell sie wieder in den Rollstuhl, und als sie so den Frisiersalon verließen, kam aus einem Seitenraum des Frisiersalons ein großer, kräftiger, älterer Mann und schloß die Tür hinter Annabell und Tantchen ab, denn es war bereits drei Uhr früh, und der Frisiersalon schloß.

Und Annabell dachte daran, daß also doch noch jemand anderes, außer dem Friseur, dort nachts arbeitete, denn sie selbst würde sich allein dort fürchten, müßte sie dort nachts arbeiten.

Wäre sie der Friseur, hätte sie immer Furcht, daß das Geschäft nachts überfallen werden könnte.

Aber so war gleich im Nebenraum der große, kräftige Mann, und der Friseur war nicht allein.

Und als Annabell noch ihren Gedanken nachhing und dabei den Rollstuhl wendete, um zur Pension zurückzukehren, öffnete sich noch einmal die Frisiersalontür, und der junge Friseur trat heraus. Der ältere Mann schloß hinter ihm sofort wieder die Tür ab.

Der junge Friseur wählte einen anderen Weg als Annabell und Tantchen.

Annabell schaute dem jungen Mann noch einmal kurz nach, wie er da so allein in der Dunkelheit seinen Weg ging, da sagte Tantchen plötzlich zu Annabell über den jungen Friseur:

„Der konnte mich jetzt aber nicht leiden.",

wozu Annabell nichts zu sagen wußte, aber sie glaubte nicht, daß er etwas gegen Tantchen gehabt hatte, denn es war ja sein Job, bis nachts um drei Uhr zu arbeiten.

Annabell brachte Tantchen ganz schnell zur Pension zurück, und sie kamen auch wohlbehalten dort an.

Als am nächsten Tag Tantchen und Annabell die Straße zum ehemaligen Vaterhaus von Tantchen entlangschritten, hatte sich Tantchen bei Annabell eingehakt und schritt vorsichtigen Schrittes neben Annabell her.

Bald hatten sie das Haus erreicht und standen ihm schräg gegenüber. Es war ein schönes Haus in stiller Eleganz.

Annabell und Tantchen schauten hinüber, aber sie konnten auf dieses Haus nicht zugehen, da ein schmaler, tiefer Fluß längs zum Haus den Weg versperrte, und keine Brücke mehr über den dunklen Fluß führte.

Annabell sagte zu Tantchen:

„Da führt keine Brücke rüber. Wir hätten auf der anderen Seite gehen müssen."

Annabell sah es jetzt ein, daß sie auf der Seite des

Hauses hätten laufen müssen, aber so waren sie auf der anderen Seite gegenüber den Weg gegangen.

Früher gab es an dieser Stelle eine kleine Brücke, die jetzt jedoch fehlte.

Tantchen nickte zu Annabells Worten.

Und als sie umkehrten und auf dem weiß zementierten Weg zurückschritten, der längs des Flusses entlangführte, verlor plötzlich Tantchen das Gleichgewicht, schwankte und kippte wie ein Schrank gegen Annabell, die durch die unerwartete Situation ebenfalls das Gleichgewicht verlor und rückwärts die Böschung zum Fluß hinunterstürzte, ohne sich irgendwo festhalten zu können.

Im Fallen riß sie Tantchen mit, das ebenfalls die Böschung zum Fluß hinabrollte.

Die Grasböschung des Flusses mit den Schneeinseln bot nirgendwo Halt.

Annabell stürzte ungebremst in das eiskalte Wasser, gefolgt von Tantchen, das ebenfalls in den Fluß stürzte.

Als Annabell in den Fluß fiel, ging ihr nur noch der Gedanke durch den Sinn:

„Ich kann doch nicht schwimmen!"

Annabell versuchte, mit den Armen zu rudern, aber es half nichts, sie konnte sich nicht halten. Bevor sie unterging, sah sie Tantchen im Wasser und dachte:

„Jetzt kann ich nicht einmal Tantchen helfen."

Annabell versank und dachte daran, daß sie einmal gehört hatte, daß man noch dreimal auftauchen würde.

Als Annabell das erste Mal an die Wasseroberfläche zurückkam, sah sie kurz Tantchen, das sich mit ruhigen Schwimmbewegungen über Wasser hielt, da ging aber Annabell schon wieder unter.

Während sie in das trübe Dunkel zurücksank und mit offenen Augen alles um sich herum sah, kamen die Gedanken:

„Wenn ich jetzt zum zweiten Mal auftauche, muß ich aber Land gewinnen, sonst ist es vorbei."

Und sie wußte plötzlich, daß sie, sobald sie auftauchen würde, ganz ruhige Schwimmbewegungen vollführen müßte, damit sie nicht wieder unterginge.
Aber Annabell hatte nur noch die Hoffnung dazu, denn das linke Handgelenk schmerzte schon von der Kälte.
Annabell tauchte auf und zwang sich, mit ganz ruhigen Schwimmstößen zur Böschung zu schwimmen.
Tantchen war auch da und hielt sich über Wasser.
Und Annabell ging nicht wieder unter.

Annabell war kurz zu Besuch bei Tantchen im Krankenhaus gewesen.
„Die Beine tun mir weh, wenn ich sie bewege."
Tantchen lag hilflos ausgestreckt auf ihrem Krankenhausbett und war ganz kläglich anzuschauen, aber sie hielt sich tapfer. Wie es in ihrem Innern wirklich aussah, zeigte sie nicht nach außen.
Annabell verabschiedete sich von Tantchen, denn sie mußte zu ihrem Hotel zurück, um dort noch ihre Sachen zu packen, da sie heute nach Hause zurückfahren wollte.
Die Pflicht der Arbeit rief.
Annabells Krankenhausaufenthalt war kürzer gewesen, als der von Tantchen, und so mußte sie Tantchen vorerst in der fremden Stadt, in dem fremden Krankenhaus, allein zurücklassen.
Annabell kehrte ins Hotel zurück und traf gerade den Zimmerservice in ihrem Hotelzimmer an, einen älteren Mann afrikanischer Herkunft.
Er war immer guter Laune, und Annabell sprach ihn an, da sie sah, daß kein neues Handtuch hingehängt worden war, obwohl sie noch für den ganzen Tag bis zum morgigen Tag das Hotelzimmer bezahlt hatte, um in Ruhe selbst entscheiden zu können, zu welcher Uhrzeit sie abfahren würde.
Annabell wollte ein neues Handtuch, aber der Mann sagte, es stehe ihr kein neues Handtuch zu.
„Das Handtuch benutze ich schon seit drei Tagen, seit

drei Tagen!"

Da lächelte er Annabell an und sagte plötzlich gemütlich:

„Na, wenn Sie sagen, daß Sie es schon drei Tage benutzen, dann kann ich Ihnen ein neues geben."

Und er gab Annabell ein neues Handtuch.

Als er gegangen war, packte Annabell ihre Sachen und ging ins Badezimmer, um sich die Hände zu waschen.

Und da war es wieder, das, was Annabell schon einmal erlebt hatte: Sie schaute in den Spiegel, und plötzlich schaute ein Gesicht aus dem Spiegel sie an, das aussah wie Annabell, aber es trug einen dunklen Bart.

Überall Bartwuchs, das ganze Gesicht!

Annabell erschrak, schaute noch einmal in den Spiegel, aber da war das Spiegelbild verschwunden.

Annabell spülte sich das ganze Gesicht mit kaltem Wasser ab und trocknete es mit dem frischen Handtuch.

Da war kein Bart!

Zum Glück!

Annabell ging zu ihrer Reisetasche und fühlte sich plötzlich sehr müde.

Sie hätte so gern wieder Vitamintabletten eingenommen, um munter zu werden, aber ihrer Allergien wegen durfte sie es nicht mehr. So war sie oft müde und mußte doch dieselben Leistungen erbringen wie Gesunde.

Als Annabell ihre Sachen nehmen wollte, um zu gehen, bekam sie plötzlich keine Luft mehr.

Sie suchte in fliegender Eile nach ihren Allergietabletten. Sie fielen auf den Boden, aber Annabell war alles egal. Sie griff sie vom Boden auf, steckte die eine sofort in den Mund, zerkaute sie und schluckte die zerkaute Tablette hinunter.

Annabells Beine gaben nach. Sie legte sich sofort auf das Bett und wartete, daß die Tablette zu wirken beginne.

Es war ein sehr guter Tablettenwirkstoff, er hatte immer ganz schnell gewirkt, und auch diesmal ließ er Annabell nicht im Stich.

Bald stabilisierte sich Annabells Kreislauf wieder, und niemand hätte Annabell mehr angesehen, daß sie kurz vorher dem Kreislaufversagen nahegestanden hatte.

Annabell holte ihre Sachen, griff die Reisetasche, nahm die kleine Plastiktüte und verließ das Hotelzimmer. Sie trug ihre Sachen hinab in die Vorhalle zur Rezeption, wo sie ihre Reisetasche kurz niederstellte, um noch die kleine Plastiktüte zum Müllcontainer zu bringen.

Denn Annabell warf ihren Müll nicht im Hotelzimmer in den Papierkorb, nein, nie, das mochte sie gar nicht, sondern sie warf grundsätzlich ihren privaten Müll immer selbständig in die Mülltonnen.

Annabell trat auf den Wirtschaftshof des Hotels und ging zu den Tonnen.

Als sie zurückkehrte, schaute sie kurz an der Rückseite des Hotels empor. Es war ein Neubau mit sechs Etagen, und zur Wirtschaftsseite hin sah man nur längliche Luken.

Annabell ging den Weg zurück zum Wirtschaftseingang, und als sie an dem Teil des Hauses vorüberging, wo über ihr sich die Luken befanden, kam plötzlich etwas Nasses, Glitschiges herab, traf sie, und plötzlich hatte Annabell lauter Speichelfetzen im Haar.

Jemand hatte Annabell von oben bespuckt!

Irgendwo oben an einer Luke mußte jemand stehen, der Annabell bespuckte!

Sie war so überrascht, daß sie im ersten Moment gar nicht wußte, was sie tun sollte.

Annabell schaute instinktiv nach oben und eilte dann in den Wirtschaftseingang, um weiteren Spuckattacken zu entgehen, und wischte sich mit Taschentüchern den fremden Speichel aus dem Haar.

Annabell konnte auch nicht mehr in ihr Hotelzimmer zurückkehren, um sich zu säubern, sie hatte den Schlüssel schon abgegeben, und ihr Zug fuhr in einer halben Stunde, sie mußte fort, sonst verfiel die

Fahrkarte, und der gebuchte Sitzplatz war weg.

Sie mußte den jetzigen Zug erreichen, sonst käme sie mit einem nachfolgenden Zug erst zu sehr später Stunde daheim an.

Sie hatte morgen wichtige Verpflichtungen, die sie einhalten wollte.

Sie konnte es nur an der Rezeption melden, daß sie bespuckt worden war, mehr nicht.

Annabell mußte so beschmutzt es hinnehmen, daß sie mit dem fremden Speichel im Haar die nächsten Stunden verbringen mußte.

Die äußeren Umstände zwangen Annabell, es hinnehmen zu müssen.

Das „Muß" bestimmte die Situation.

II.

Monate waren seitdem vergangen.

Annabell stieg die breite Holztreppe hinauf, und um sie herum stiegen mehrere andere Frauen ebenfalls die Treppe empor. Links und rechts von der Treppe standen vereinzelt Büsche, und der Weg zum Hochufer über die Treppe war beschwerlich.

Einige Frauen klagten und monierten die Anstrengung des Hochsteigens auf der breiten Holztreppe, und eine Frau hinter Annabell sagte zu ihrer Bekannten etwas ironisch:

„Die Treppe ist rustikal."

Annabell drehte den Kopf leicht zur Seite, und während sie weiter die Treppe mit den anderen Frauen hinaufstieg, sagte sie zu der Frau, die die Bemerkung geäußert hatte:

„Ich finde sie schön, mir gefällt sie sehr gut. Sie erinnert an die Treppe in S* auf R*."

Oben angekommen, trennte sich Annabell von den Frauen und ging nach rechts hin den Weg allein zum Meer weiter, das man von oben schon in der Ferne sehen konnte.

Nach einer Weile führte der Weg wieder sanft abwärts zum Meeresstrand hinab.

Hoch oben am Himmel schien ganz hell die Sonne, und alles sah entzückend harmonisch und friedlich aus, und Annabell fing an zu weinen.

Annabell lief am Meer entlang und weinte, weil Tantchen so krank war.

An einem Dünenaufgang kam Annabell an einem jungen Mann vorbei, der sich dort hingesetzt hatte und auf jemanden zu warten schien. Er schaute hinüber zur weinenden Annabell, aber Annabell war es egal, daß er sie weinen sah.

"Geht ihn gar nichts an, daß ich weine.",

aber Annabell wollte nicht, daß er ihre Tränen sah, und so drehte sie sich im Laufen weg und wandte ihren Blick dem Meer zu.

Da kam von schräg links her eine ganz kleine Welle zu Annabell heran, und diese Welle trug wie ein kleines Schiffchen Perlmuttschalen auf ihrem Krönchen und schwappte diese übereinandergeschichteten, rosafarbenen, länglichen, entzückenden Perlmuttschalen direkt vor Annabells Füße.

Sie blieben direkt vor Annabells Füßen liegen, sie sollten Annabell trösten, und Annabell wußte, daß die Guten Mächte sie gesandt hatten, damit sie Annabell trösteten.

Annabell hob die Perlmuttschalen auf, es waren vier rosafarbene Perlmuttschalen.

Und plötzlich waren da noch zwei gelb-vanillefarbene Perlmuttschalen.

Von den rosafarbenen Perlmuttschalen war die oberste Schale in der Mitte quer entzweigebrochen, aber das machte nichts, auch gebrochene Teile von Perlmuttschalen sind schön.

Als Annabell sich nach den Perlmuttschalen gebückt hatte, hatte sie im seichten Wasser auch eine kleine graue Muschel gefunden. Sie hob sie auf und sah, daß diese Muschel noch Leben in sich trug. Da warf Annabell sie mit großem Schwung zurück ins offene Meer hinaus.

Als Annabell den Weg am Strand zurückkam, erblickte sie den jungen Mann, der sie weinen gesehen hatte. Er stand mit seiner Freundin an der Düne und half seiner Freundin beim Auspacken irgendwelcher Dinge.

Und als er Annabell sah, schaute er ganz ernst und verständnisvoll zu Annabell hinüber. Vor diesem Menschen hätte sich Annabell vordem für ihre Tränen nicht schämen müssen.

„Siehst du, du bist der echte Biologe.",
sagte Tantchen zu Annabell, als Annabell ihr die Perlmuttschalen zeigte.

Tantchen lag in einem Bett der hellen, freundlichen Ferienwohnung und konnte nicht mehr aufstehen. Tantchen mußte gepflegt werden.

Annabells Schwester war auch da, und die mitgebrachte Katze von Annabell untersuchte neugierig alle Räume.

Annabell überlegte, ob sie die Türen schließen sollte, damit die Katze nicht weglaufen könnte, aber alle Türen blieben offen, und die Katze lief nicht fort.

Annabell wusch Wäsche mit der Waschmaschine im Badezimmer, aber es gab keinen Ablaufanschluß in der Ferienwohnung für die Waschmaschine. Zuerst hatte Annabell den Schlauch neben das Abflußgitter am Boden gelegt, aber es lief zu viel daneben, und die Fliesen wurden alle ganz naß und glitschig.

Es war schon der zweite Tag, da sie alle in der Ferienwohnung wohnten, und der zweite Tag, an dem Annabell eine Lösung für die Befestigung des Waschmaschinenabflußschlauches suchte.

Annabell hängte den Schlauch in das Abflußgitter hinein, aber die ganze Lauge kam hoch, und alles lief über, aus dem Abflußgitter heraus und über die Fliesen.

Tantchen hatte von ihrem Bett aus durch die geöffneten

Türen es bemerkt, und so ging Annabell zu Tantchen und meinte:

„Wir müssen dem Hausmeister Bescheid sagen, daß der Abfluß verstopft ist, sonst heißt es, wir hätten den Abfluß verstopft."

Und Annabell machte sich auf den Weg, den zuständigen Hausmeister zu suchen.

Als sie vor seiner Tür stand und den Vornamen des Hausmeisters las, der „Matthias" hieß, mußte sie an ihren ehemaligen lieben Bekannten denken, für den sie hätte weiterhin beten sollen, denn er hatte auch „Matthias" geheißen und sein Name war auch mit Doppel „t" geschrieben worden.

Später kehrte Annabell noch einmal zum Strand zurück, weil sie schauen wollte, ob diese Muschelart, wie sie sie geschenkt erhalten hatte, am Strand verbreitet wäre, aber es gab am gesamten Strand keine einzige Muschel dieser Art, wie Annabell sie zum Trost erhalten hatte.

Kapitel 27

I.

Annabell saß auf der Bank vor dem Museum und wartete, daß das Museum seine Türen öffnen würde. Annabell hatte heute frei, und sie hatte sich kurzerhand dafür entschieden, eine Ausstellung zu besuchen, von der überall viel zu lesen gewesen war.

Und um sich nicht anders zu besinnen, war Annabell sofort von daheim losgegangen, sobald ihr Entschluß gefaßt war, das Museum zu besuchen. Hätte sie gezögert, wären ihr tausend Pflichten eingefallen, die Vorrang gehabt hätten.

Und so saß sie nun viel zu früh auf dieser Bank vor dem Museum und ließ die Zeit vergehen, bis das Museum öffnen würde.

Annabell dachte an die vergangene Zeit, an all die Monate, die hinter ihr lagen, und an Tantchen, das so krank gewesen war und dem es bis jetzt noch nicht viel besser ging.

Monate hatte es gedauert, bis Tantchen wieder stehen konnte.

Annabell erinnerte sich noch an den ersten Tag, da Tantchen mit der Hilfe von zwei Pflegern wieder zum Stehen verholfen wurde. Sie stand zum ersten Mal nach Monaten, und Annabell war so froh gewesen.

Doch Tantchen sagte nur kurz zu Annabell:

„Ohne richtige Windel kann man ja auch nicht aufstehen.",

und es war Tantchen genierlich, daß sie diese blaue Klebewindel tragen mußte.

Auch erinnerte sich Annabell an eine Szene im Krankenhaus, als Tantchen zu einer Behandlung sollte, die wieder vorher nicht angekündigt worden war.

Wie meistens die Untersuchungen nicht angekündigt wurden.

Ebensowenig, wie die Tabletten erklärt wurden.

Ging es um die Tabletten, kam nur eine Krankenschwester, stellte die Tabletten wortlos auf das Tischchen, und fragte man als Patient nach, hieß es nur, daß die eine Tablette für das Herz sei, die andere Tablette für die Schilddrüse.

Mehr nicht!

Bedenkliche Vorgehensweise!

Und an dem einen Tag, an den sich Annabell erinnerte, kam plötzlich wieder ein Pfleger und sagte zu Tantchen, daß er sie jetzt in ihrem Krankenhausbett zu einer Untersuchung bei einem Dermatologen, Dr.Björnssen, bringen würde.

Tantchen war ganz durcheinander darüber, was das schon wieder für eine Untersuchung sein sollte. Diese Untersuchung hatte ihr vorher der Arzt der morgendlichen Visite gar nicht angekündigt gehabt.

Der Pfleger ging fort, um sich zu erkundigen, und Annabell beruhigte Tantchen, daß der Name des Arztes, Dr.Björnssen, doch sympathisch und vertrauenerweckend sei. Vor einem Arzt mit solch einem Namen mußte Tantchen sich doch bestimmt nicht fürchten, denn schon die alten Römer sagten: „nomen est omen".

Aber für Tantchen war das alles so aufregend, daß sie zu ihrer Handtasche griff und ihre eigenen Tabletten suchte, um diese einzunehmen.

Annabell stand auf und verließ fluchtartig den Raum, damit sie nicht in der Gegenwart von Tantchen vom medizinischen Personal überrascht werden würde, wie Tantchen ihre eigenen Tabletten einnahm.

Denn es war in Krankenhäusern verboten, eigenmächtig eigene Medikamente einzunehmen.

Und Tantchen war schon angedroht worden, daß man ihr die Handtasche wegnehmen würde, nähme sie ihre eigenen Tabletten. Das tat man dort in dem Krankenhaus öfter mit den Patienten, obwohl eigentlich das Wegnehmen von Handtaschen durch medizinisches

Personal rechtlich gar nicht erlaubt war.

Annabell war schon einmal von den Ärzten abgemahnt worden, Tantchen nicht deren eigene Tabletten zu geben. Würde man Annabell in der Gegenwart von Tantchen antreffen, wie selbige ihre eigenen Tabletten einnahm, hätte Annabell vielleicht Besuchsverbot erhalten.

Und das wollte Annabell nicht riskieren.

Und so flüchtete Annabell vor dieser Situation.

Heute morgen hatte Annabell Tantchen noch gesehen. Sie war früh bei Tantchen daheim gewesen, und Tantchen war von zwei Frauen abgeholt worden.

Tantchen wäre lieber mit Annabell zusammengeblieben, aber Tantchen dachte, sie würde Annabell zu sehr belasten, und so ging sie mit den beiden Frauen mit. Tantchen schritt mit unsicheren Schritten den Weg entlang, den beiden Frauen nach.

Annabell hatte sich extra noch umgedreht und sah Tantchen nach. Sie wartete, daß Tantchen sich auch umdrehen würde.

Aber Tantchen drehte sich nicht um.

Vorsichtigen Schrittes ging Tantchen Schrittchen für Schrittchen ihren Weg, und Annabell sah, wie dünn und zart Tantchen in ihrem dunkelblauen Pullover geworden war.

Und sie wußte, wie traurig Tantchen war, und wie traurig sie selbst, Annabell, ebenso war, denn Tantchen drehte sich nicht mehr um, und früher hatte sie sich in solchen Situationen immer nach Annabell umgedreht.

Es lag bestimmt nur daran, daß Tantchen Gleichgewichtsprobleme beim Laufen hatte.

Es war sicher in ihrer Beziehung zueinander noch alles wie früher.

Wenn auch die vergangenen Monate Belastungen gebracht und Fragen aufgeworfen hatten, so hatte Annabell stets und immer in solch einer Situation zu sich selbst in Bezug auf Tantchen gesagt:

„Laß dich emotional nicht trennen von ihr!"

Und so hatte Annabell alle Zweifel, Vorwürfe anderer und Mißverständnisse überwunden und überstanden.

Nein, Annabell würde nicht zweifeln, es würde alles wieder gut werden, ganz bestimmt, und das alles im Namen des liebenden Gottes.

Annabell schritt durch die Räume des Museums und blieb vor einer kleinen Jesusfigur stehen.

Da erinnerte sie sich an einen Traum, der ihr vor Monaten geschah, zu einer Zeit, als sie sich mit ihren Sorgen völlig alleingelassen fühlte, daß sie Jesus sah.

Er trug sein dunkles Haar schulterlang, seinen Körper bedeckte ein langes, helles Gewand und sein bartloses, schmales Gesicht war sehr, sehr blaß.

Jesus wollte Annabell helfen und auf sie zuschreiten, aber als er gerade im Begriff war, zu Annabell zu eilen, um ihr zu helfen, wurde er von Petrus am linken Arm gepackt und festgehalten.

Petrus hielt Jesus zurück!

Als Jesus Annabell helfen wollte, hielt Petrus den Jesus zurück!

Aus welchen Gründen auch immer, das würde vermutlich ewiges Geheimnis bleiben.

Annabell wischte diese Gedanken fort. Sie wollte nicht mehr daran denken. Dazu waren die vergangenen Monate zu schwer gewesen.

Sie konnte sich jetzt solche emotionalen Talfahrten nicht leisten.

Annabell schritt weiter.

Die Ausstellung über moderne Kunst war interessant, aber Annabells Gedanken schweiften immer wieder ab.

Sie mußte an das gestrige Geschehen in der Cafeteria denken:

Sie saß mit drei anderen Arbeitskollegen gemeinsam an einem Tisch. Die Cafeteria war voll, und so mußte man zusammensitzen, wie es sich ergab.

Am Nebentisch saß der schöne Kollege aus der Nebenabteilung, und sein Lebensgefährte saß ihm gegenüber, und Annabell hörte, wie der Lebensgefährte zu dem schönen Mann gerade ganz ernst sagte:

„Und die Karten bedeuten dir wirklich nichts?!?"

Der schöne Mann beteuerte zurück:

„Nein, sie bedeuten mir wirklich nichts, gar nichts."

Und die Situation war so ernst, daß der Lebensgefährte des schönen Mannes selbigen verlassen hätte, wenn die Karten ihm etwas bedeutet hätten.

Annabell mußte so intensiv daran denken, weil sie es war, die seit ungefähr vier Jahren an den schönen Mann Postkarten schrieb.

Anonym, versteht sich!

Immer mit der Unterschrift: „Die Stadt New York"!

Annabell suchte nur die schönsten Karten für den schönen Mann aus.

Und bevor sie schrieb, bat sie stets und immer Gott um Hilfe:

„Gott, sag bitte, was ich schreiben soll!"

Dann wartete sie etwas und schrieb dann das auf, was ihr in den Sinn gegeben wurde.

Und so waren alle Postkarten im Grunde von Gott an den schönen Mann geschrieben worden.

Und Gott liebte ihn.

Wie auch Annabell ihn einfach nur damit beschreiben konnte, daß er begehrenswert schön war, aber unerreichbar, denn der schöne Mann liebte offensichtlich nur Männer.

Aber Annabell wollte deswegen kein Mann sein.

Annabell liebte die Göttinnen Athene, Aphrodite und Hera, Annabell war gerne Frau.

Annabell liebte das weibliche Prinzip, das Schöpferische.

Annabell war durch ihre gescheiterte Ehe, in Ablehnung des androzentrischen Weltbildes, eine Freundin des feminozentrischen Weltbildes geworden.

Wäre Annabell ein Mann gewesen, hätte sie sich nur noch in Frauen verliebt.

Aber Annabell war selbst eine Frau, deshalb liebte sie den schönen Mann aus der Nebenabteilung ihrer Firma.

Und daran mußte Annabell jetzt denken.

Sie hatte einige abwertende Bemerkungen über den Lebensgefährten des schönen Mannes am Tisch in der Cafeteria fallen lassen, und ein Arbeitskollege, der selbst für den schönen Mann schwärmte, hatte schnippisch Annabell geantwortet:

„Davon wird dein Stern auch nicht heller leuchten.",

denn alle wußten, daß Annabell den schönen Mann sehr gern hatte.

Aber niemand wußte, daß Annabell Gott stets erneut darum bat, diesen lieben und schönen Mann zum freundschaftlichen Freund bekommen zu dürfen.

Ein bißchen hatte sie schon die Hoffnung aufgegeben, aber etwas Hoffnung, daß dieser begehrenswert schöne Mann doch noch eines Tages ihr Freundschaftsfreund werden würde, wohnte noch in ihrem Herzen.

Denn was in Liebe gebunden wird, bleibt für die Ewigkeit.

Annabell war in das Museum gegangen, um Ruhe innerlich finden zu können, aber sie fand keine Ruhe.

Unzählige Gedanken schwirrten umher und ließen Annabell keine Ruhe mehr.

Sie mußte an die Krankenhausbettnachbarin von Tantchen denken. Diese hatte eine gutaussehende Tochter, und Annabell hatte die Familie auch schon einmal daheim besucht.

Aber dann war dort bald alles überstürzt anders geworden, denn die gutaussehende Tochter war eigentlich ein Mann, der als Wirtschaftsspion entlarvt worden war.

Er hatte die Konstruktion eines Hohlspiegels aus der Forschungsabteilung seiner Firma entwendet, um sie anderen Interessenten zuzuführen, und wurde dabei von einer wissenschaftlichen Kollegin entdeckt.

Annabell bedauerte es aufrichtig, daß diese freundliche und attraktive Tochter der Krankenhausbettnachbarin von Tantchen ein männlicher Wirtschaftsspion war.

Schade, sehr schade, wieder eine menschliche Enttäuschung mehr!

Annabell blieb vor einem Schrank stehen.

Dieser Schrank erinnerte sie an eine Begebenheit aus einer Zeit, als die Welt Annabells noch in Ordnung schien.

Hier im Museum, in der Ausstellung für Moderne Kunst, sollte dieser Schrank die Vergangenheit symbolisieren.

Damals, in Annabells Erinnerung, stand genau so ein großer Schrank auf einem Schiff, angelehnt an eine Kajütenseite.

Und daß Annabell damit zu tun bekam, war so gekommen:

Es war an einem sonnigen Sommernachmittag.

Annabell bog oben in die kleine Straßenkurve ein, dort, wo die Büsche standen und die Böschung zum Fluß eine Biegung machte.

Da unten am Rande des Flusses lag ein Kajütboot vor Anker. Es war alt und morsch, und keiner betrat das Kajütboot mehr.

Aber heute, als Annabell die Straße entlangging und durch eine lichte Strauchgruppe schaute, sah sie ein wohl zehnjähriges Mädchen auf dem Kajütboot sitzen.

Annabell verhielt sofort ihren Schritt, schaute und schritt dann geradewegs von der Straße hinab zum Ufer, wohin ein kleiner, schlängelnder Weg führte.

Das Mädchen bemerkte Annabell erst gar nicht, denn es las in einem Buch. Und erst, als Annabell fast direkt vor ihr stand und ebenfalls auf das Boot geklettert war, schaute das Mädchen hoch.

„Was machst du denn hier?"

fragte Annabell.

„Du kannst doch hier nicht spielen!"

In dem Moment erblickte Annabell seitlich weiter hinten neben der Kajüte noch ein weiteres Mädchen. Es war vielleicht zwölf Jahre alt. Annabell rief es sofort zu sich, und das Mädchen hörte auch sogleich auf Annabell.

Denn Annabell hatte gesehen, wie ein großer, schwerer Schrank, der außen gegen die eine Kajütenwand gelehnt worden war, schon schwankte, und es nur noch eine Frage der Zeit war, wann die ganze Kajütenwand unter seiner Last zusammenbrechen würde.

Und das junge Mädchen saß dahinter!

Aber da Annabell gerufen hatte, kam es sofort herbei, und Annabell scheuchte beide Mädchen ans Ufer und verließ als Letzte das schwankende, knarrende Schiff.

Annabell wies beide Mädchen auf die Gefahren hin, wies auf den Schrank und nahm beiden das Versprechen ab, nie mehr auf dieses Schiff zu klettern:

„Geht nie mehr auf dieses Schiff, das ist kein Spielplatz, es ist völlig morsch und kann jederzeit zusammenbrechen."

Die beiden Mädchen sahen das auch ein, und während sie noch zu dritt an der Böschung standen, versprachen die beiden Mädchen es auch Annabell.

Das Kajütboot lag da in seiner Verfallenheit, schwankend und leise ächzend. Es hatte sich schon Schilf darum angepflanzt durch die Vergessenheit der langen Liegedauer am selben Ort.

Der Sand am Ufer war zinnoberrot, das Schilf war rötlich, das Wasser an den Rändern des Ufers schlammig. Es wirkte alles bizarr, in seiner Verfallenheit einerseits romantisch, andererseits in seiner Gefahr unheimlich.

Ein kleines Motorboot fuhr auf der Gegenseite den Fluß entlang, aber niemand schaute nach dem Kajütboot.

Wenn Annabell nicht darauf achtgegeben hätte, wären

die beiden Mädchen auf diesem gefährlichen Platz geblieben und wären sich gar nicht bewußt geworden, welchen Gefahren sie sich ausgesetzt hatten.

Nur Annabell hatte gehandelt, und die beiden Mädchen waren wahrhaft bestürzt darüber gewesen, als Annabell ihnen zeigte, wie gefahrvoll diese scheinbar romantische Idylle war.

Zu dritt stiegen sie die Böschung zur Straße hinauf, und Annabell wußte, daß diese eigentlich lieben Mädchen diesen Platz wirklich in Zukunft meiden würden.

Denn Annabell war auch einst jung gewesen und hätte solch ein morsches, tristes Kajütboot anziehend gefunden, aber sie wußte auch, daß Einsicht eine Änderung bewirkt.

Und nachdem die Mädchen durch Annabell die Gefahren erkannt hatten, würden sie diese Gefahren auch meiden.

Dessen war Annabell gewiß.

Daran erinnerte sich Annabell, als sie den großen Schrank im Museum sah.

Annabell schaute auf ihre Armbanduhr.

Sie würde jetzt gehen.

Sie hatte keine Ruhe mehr für das Museum und seine Sonderausstellung.

Annabell drehte sich um und ging zum Ausgang zurück.

Als sie an der kleinen Jesusfigur vorbeikam, dachte sie plötzlich an die Heilige Jungfrau und an einen Traum, in dem eine weibliche Stimme zu Annabell gesagt hatte:

„Du hättest es so leicht haben können im Leben, wenn du nicht so schlechte Gedanken gehabt hättest."

Ja, vielleicht war Annabell an all dem Elend in ihrem Leben selbst schuld.

Schon Platon soll gesagt haben, daß das Schlechte aus den Gedanken käme.

Und Annabell bekam Angst, denn sie hatte einst sich mit Tantchen heftig gestritten gehabt, als Annabell neunzehn Jahre alt war. Da hatte sie schlechte Gedanken über

Tantchen gehegt, Schlechtes gesagt.

Und nun hatte Annabell Furcht, jetzt, da sie das Schlechte gar nicht mehr wollte, daß jetzt die schlechte Energie Tantchen einholte, denn Energie kann nicht verlorengehen.

Und daß es jetzt Tantchen so schlecht ging, war vielleicht ihre Schuld, Annabells Schuld, weil sie so schlechte Gedanken mit neunzehn Jahren gegen Tantchen ausgesprochen hatte.

Und Annabell verließ fluchtartig das Museum.

II.

Annabell stieg die Stufen zu ihrer Wohnung empor. In dem Moment öffnete sich die Tür einer Nachbarwohnung, und der Nachbar trat heraus.

Zu seinen Füßen eine kleine weiße Katze!

Der Nachbar freute sich, Annabell wiederzusehen.

Und als Annabell sich zu der Katze niederbeugte, sagte er zu Annabell über die Katze:

„Da müssen wir mal sehen, wie wir sie wieder zahm bekommen."

Das sagte der Nachbar, weil die Katze Annabell ein halbes Jahr nicht gesehen hatte.

Aber die kleine weiße Katze erkannte Annabell sofort wieder. Das halbe Jahr der Trennung beeinträchtigte ihre Freundschaft nicht.

Die liebe weiße Katze umschmeichelte sofort Annabell und legte ihr Köpfchen ganz zutraulich und vertrauensvoll in Annabells Hand.

Der Nachbar verabschiedete sich, und Annabell stieg zu ihrer Wohnung hinauf.

Als Annabell später ihren Anrufbeantworter abhörte, vernahm sie ganz erstaunt eine männliche Stimme. Es war Romeo, der Freund und Lebensgefährte ihres „Brüderchens".

Annabell hatte ihrem „Brüderchen", einem Freund aus

Annabells Jugendjahren, vor Tagen eine Nachricht auf Band gesprochen, und nun rief sein Freund Romeo zurück, der Annabell aus Eifersucht gar nicht mochte.

Ganz freundlich sagte er zu Annabell auf dem Anrufbeantworter, daß sie jederzeit anrufen dürfte, und wenn sie Sorgen hätte, sie sich jederzeit an ihn wenden könnte. Er würde ihr immer zuhören.

Annabell war sehr erstaunt, denn es hatte in der Vergangenheit ihrer Freundschaft zu ihrem „Brüderchen" schon heftige Eifersuchtsszenen von seiten Romeos gegeben.

Und zeitweilig war Annabells Freundschaft zu ihrem „Brüderchen" auch dadurch wirklich in Gefahr gewesen.

Sie hatte ihr „Brüderchen" schon seit sieben Jahren nicht mehr gesehen, nur noch mit ihm telephoniert.

Denn ihr „Brüderchen" war mit Romeo in eine andere Stadt gezogen, und Romeo wollte nicht mehr, daß sein Freund sich mit Annabell traf.

Um so erstaunlicher war jetzt der Rückruf Romeos.

Annabell setzte sich an ihren kleinen Küchentisch.

Sie dachte an ihre polnische Freundin. Sie hatte deren Fahrrad im Hof stehen sehen. Es war verbeult, und das Vorderrad war völlig verbogen.

Ein Schrotthaufen!

Annabell hätte einen Schreck bekommen, wenn sie nicht gewußt hätte, daß es ihrer polnischen Freundin gut ging.

Das Fahrrad hatte der Bruder ihrer Freundin gefahren. Er lag im Krankenhaus, und Gosia kümmerte sich um ihn. Er würde wieder genesen, aber auf der Straße wollte er nie wieder Fahrrad fahren.

Annabell erinnerte sich an ihre eigenen früheren Verletzungen.

Damals hatte sie sich für das Leben entschieden.

Sie erinnerte sich an einen damaligen Traum, in dem sie vor einem runden Tisch stand. Auf diesem runden Tisch lagen an den Rändern viele dunkle Bücher, in runder Anordnung zur Gestalt der Tischplatte.

Und in ihrer Mitte lag ein Buch, dessen Titel „LEBEN" hieß.

Dieses Wort „LEBEN" flimmerte und leuchtete ganz hell und lebendig.

Und Annabell erinnerte sich, daß sie mit der linken Hand das Buch „LEBEN" ergriff und aus der dunklen Anordnung der anderen Bücher heraushob und behielt.

So war Annabell leben geblieben.

Annabell dachte auch an ihren schon für immer fortgegangenen Vater.

Als sie vor etlichen Jahren eine erneute Einweisung in ein Krankenhaus vom Arzt erhielt, es bestünde die Möglichkeit, daß eine vorhergehende Erkrankung womöglich zurückgekehrt sei, begegnete ihr ihr Vater.

Er saß plötzlich nachts am Ende ihres Bettes.

Er lächelte sie an, und Annabell wußte, er wollte sie mitnehmen.

„Später!"

sagte Annabell, und dann erzählte sie ihm in einer ihr nachher unverständlichen Sprache, was sie alles noch vorhatte.

Annabells Vater lächelte und nickte und verschwand.

Als Annabell eine Woche später in der Klinik war, war weder ihre Krankheit zurückgekehrt, noch wiesen die Blutwerte weiterhin bedenkliche Werte auf.

Annabell war schlagartig gesund geworden!

Im Jahre 2003 begegnete Annabell ihrem Vater erneut.

Er kam ihr auf einer lichtüberspielten Waldlichtung entgegen. Er lächelte, und sie wußte, er wollte sie mitnehmen.

Aber Annabell sagte zu ihm:

„Ich hab' so viel zu tun, ich hab' gar keine Zeit, um mitzukommen."

Und Annabells Vater lächelte, schaute gedankenvoll vor sich hin auf den Waldboden, ging weiter und verschwand.

Seither wußte Annabell, wem sie ihr verlängertes Leben zu verdanken hatte, und daß sie nur noch auf Abruf hier auf dieser Welt war.

Literaturhinweis zu Kapitel 8:
Friedrich Schiller, Gedicht: „Resignation"